NORMA K. KOENIG

DAS abgelehnte KIND

novum pro

Dieses Buch ist auch als
e-book
erhältlich.

w w w . n o v u m v e r l a g . c o m

Bibliografische Information
der Deutschen Nationalbibliothek:

Die Deutsche Nationalbibliothek
verzeichnet diese Publikation in
der Deutschen Nationalbibliografie.
Detaillierte bibliografische Daten
sind im Internet über
http://www.d-nb.de abrufbar.

© 2024 novum Verlag

ISBN 978-3-99146-643-7
Lektorat: Birgit Himmüller
Umschlagfoto:
Chiranjit Paul I Dreamstime.com
Umschlaggestaltung, Layout & Satz:
novum Verlag

www.novumverlag.com

Druckprodukt mit finanziellem
Klimabeitrag
ClimatePartner.com/16547-2311-1001

Inhaltsverzeichnis

Kapitel 1

1

Inka ging mit einem mulmigen Gefühl in der Magengegend auf das Haus zu, das ihr einst sehr vertraut gewesen war. Was würde sie dort drin erwarten? Seit dem tödlichen Unfall ihrer Eltern war sie nicht mehr hier gewesen. Das war nun schon drei Monate her. Sie öffnete ihre Handtasche und nahm den Schlüsselbund heraus. Ihre Hände begannen zu zittern. Endlich gelang es ihr, den Hausschlüssel ins Schloss zu stecken und umzudrehen.

Sie fasste sich ein Herz und öffnete die Tür. Augenblicklich strömte ihr ein vertrauter Geruch entgegen.

Aber heute war alles anders als sonst.

Sie betrat den Flur, lief durch die Küche ins Wohnzimmer und schlagartig wurde ihr die unglaubliche Stille bewusst.

Niemand war da. Kein Topf mit dampfender Suppe stand auf dem Herd. Auch das alte Radiogerät in der Küche gab keinen Ton von sich.

Was sollte sie jetzt nur tun? Sie ließ sich in den dicken Ohrensessel fallen und weinte bitterlich. Die Trauer brach sich endlich ihre Bahn, sie konnte gar nicht aufhören zu weinen.

Schließlich schlief sie ermattet ein.

Ein Klopfen an der Tür weckte sie. Sie musste lange geschlafen haben. Draußen war es schon dunkel.

Das Klopfen wurde immer lauter. „Ist da jemand im Haus?", hörte sie eine männliche Stimme rufen.

Sie begab sich zur Eingangstür und schaute durch den Spion. Wer konnte das sein? Vor der Tür stand ein Mann, etwa in Inkas Alter, mit dunklen Haaren und einem langen Mantel. „Ja, ich. Ich bin die Tochter der Langmanns, die hier gewohnt haben. Warum wollen Sie das wissen?"

„Entschuldigen Sie bitte, ich dachte, im Haus wären Einbrecher. Ich bin der Nachbar von gegenüber."

Inka öffnete die Tür und sah in zwei freundliche, jedoch eigenartig reserviert blickende Augen.

Nun stellten sie sich erst einmal richtig vor und Peter, so hieß der Nachbar, sprach ihr sein tief empfundenes Beileid aus. Er hatte Inkas Eltern zwar nicht näher gekannt, konnte sich aber erinnern, Inka hin und wieder bei ihren Besuchen in Bötzow gesehen zu haben.

„Ich möchte nicht indiskret erscheinen, aber gestatten Sie mir die Frage: Was werden Sie jetzt mit dem Haus tun?", fragte Peter. „Ich weiß es noch nicht", antwortete Inka, „erst mal werde ich mich richtig umsehen und ein paar Tage im Haus verbringen. Es sind noch jede Menge persönlicher Sachen meiner Eltern hier."

„Und dann muss ich auch noch nach etwas ganz Bestimmtem suchen", schoss es Inka durch den Kopf, aber das würde sie keinem Fremden anvertrauen.

„Wenn Sie Hilfe benötigen, können Sie jederzeit bei mir klingeln", bot Peter an.

Dann ließ er sie erst einmal allein und sie konnte in Ruhe das Haus inspizieren.

Inkas Elternhaus bestand aus zwei Stockwerken, einem Keller und einem Dachboden. Ans Wohnzimmer grenzte eine große Terrasse, die in einen wunderschön wild angelegten Garten führte. Inkas Mutter hatte Gärten in ursprünglichem Zustand über alles geliebt. Garten und Terrasse mussten jedoch erst mal noch warten.

Zuerst holte Inka ihre Tasche aus dem Auto und brachte sie in ihr ehemaliges Kinderzimmer. Es war inzwischen nach Inkas Auszug aus dem Elternhaus zum Gästezimmer umdekoriert worden. Hier hatte sie an den Besuchswochenenden immer geschlafen und es war für sie selbstverständlich, dass sie die kommenden Nächte auch dort verbringen würde.

Nun schaute sie nach und nach in die übrigen Zimmer des Hauses.

Im Schlafzimmer musste sie einmal tief durchatmen, in der Luft lag immer noch der wundervolle Parfümduft ihrer Mutter. Auch die Kleidungsstücke im Schrank dufteten danach.

Im Wohnzimmer standen jede Menge „Stehrumchen". Viele Erinnerungsstücke von Urlaubsreisen waren darunter.

Vor Inkas Augen erschienen Kindheitserinnerungen.

Auf einmal war sie wieder 9 Jahre alt.

Die große, farbenfroh bemalte Muschel stammte aus dem Urlaub an der Ostsee. Inka konnte sich nicht mehr an den Ort erinnern, aber das kleine, reetgedeckte Haus war ihr noch gut im Gedächtnis verhaftet. Von dort aus waren es nur wenige Meter und sie standen direkt am Strand. Inka und ihre Mama hatten Stunden damit zugebracht, den angespülten Schlick nach Schmuckstücken zu durchsuchen. Leider gab es unter den Fundstücken keine einzige Muschel ohne Bruchstelle. Also ging die Mutti mit Inka in den kleinen Souvenirladen und tröstete ihre Tochter mit dem Erwerb einer großen, bunt bemalten Muschel. Wie hatte sich ihr Vater über diese Muschel lustig gemacht. Er fand sie kitschig und überhaupt nicht hübsch. Seine Liebe zu Inka musste sehr groß gewesen sein, wenn er der Mutter dennoch erlaubte, diese Muschel in die Schrankwand zu stellen.

Erneut traten Tränen in Inkas Augen und sie musste schlucken. War es doch die letzte Urlaubsreise ihrer Eltern gewesen, auf der der tödliche Unfall geschah. Viel zu plötzlich wurden sie aus ihrem Leben gerissen. Das Schlimmste war, dass ihre Mutter Inka vor der Reise angerufen hatte, um ihr zu sagen, dass sie nach dem Urlaub mit ihr sprechen wollte. Sie hatte etwas auf dem Herzen, was sie nun endlich loswerden wollte.

Was konnte das nur gewesen sein? Inka hatte keine Ahnung. Vielleicht würde sie in den persönlichen Sachen ihrer Mutter eine Antwort finden. Wenn sie nur wüsste, wonach genau sie suchen sollte.

Nun, es musste noch warten. Inka war auf einmal sehr hungrig. Kein Wunder! Es war schließlich schon weit nach Mitternacht und sie hatte seit dem Aufbruch aus ihrer Wohnung am Morgen nichts mehr gegessen.

In den Küchenschränken fand sie nichts, was sie jetzt auf die Schnelle essen konnte. Ja klar, ihre Eltern hatten vor Antritt ihrer langen Urlaubsreise alles Verderbliche aus den Schränken geräumt.

Also begab sie sich ins Gästezimmer. In ihrer Tasche befand sich eine Rolle Kekse. Zum Glück hatte sie diese im letzten Moment noch in ihre Tasche geworfen. Eine kleine Flasche Wasser war auch darin. Sie aß ein paar Kekse, trank einen Schluck Wasser und beschloss, sich erst einmal hinzulegen und zu schlafen. Morgen früh würde sie als Erstes zum Einkaufen fahren, um den Kühlschrank im Haus mit dem Nötigsten für die nächsten Tage zu füllen.

2

Sie erwachte am frühen Morgen. Um Punkt 7 Uhr klopfte es an der Haustür. Peter stand draußen und hatte eine Tüte mit frischen Brötchen, Butter, Marmelade sowie ein Päckchen Kaffee in der Hand. „Sie schickt der Himmel", freute sich Inka über den spontanen Besuch, „ich bin am Verhungern." „Das habe ich mir schon gedacht", erwiderte Peter.

„Dann kommen Sie doch herein und frühstücken Sie mit mir!", bot sie an. Peter setzte sich an den Küchentisch und Inka bereitete die Kaffeemaschine vor. Im Eckschrank fand Inka Filtertüten.

Geschirr und Besteck fanden sich ebenfalls in den Schränken.

Während des Frühstücks hatte Inka ein komisches Gefühl. Peter war freundlich, aber irgendwie erschien ihr seine Freundlichkeit nicht aufrichtig zu sein. Na ja, vielleicht lag es ja an ihrer besonderen emotionalen Situation, dass sie so empfand. Immerhin interessierte er sich scheinbar sehr für sie. „Es muss sehr schwer für Sie sein, diesen Verlust zu verkraften", sagte Peter, „gleich beide Eltern auf einmal, das ist heftig. Wie haben Sie denn von dem Unfall erfahren? Mussten Ihre Eltern sehr leiden oder waren sie gleich tot?"

„Ich wurde während der Arbeit angerufen", erzählte Inka. „Man hatte die beiden ins Krankenhaus nach Berlin-Buch gefahren. Beide verstarben im Krankenwagen, ich durfte dann erst am nächsten Tag zu ihnen, um mich zu verabschieden. Es war einfach schrecklich."

Wieder liefen Tränen über Inkas Wangen. „Oh, das tut mir sehr leid", sagte Peter. „Und seit diesem Tag waren sie noch nicht wieder hier im Haus? Wie lange ist das jetzt her?"

„Es ist inzwischen drei Monate her. Ich hatte nicht den Mut, das Haus zu betreten", erwiderte Inka, „der Schock saß so tief, dass ich bisher nicht einmal weinen konnte. Ich hatte nur ständig einen Kloß im Hals." Irgendwie wunderte es Inka, dass sie diesem Mann alles erzählte, wo sie doch so ein komisches Gefühl ihm gegenüber hatte.

Sie hatte diese Dinge, seitdem sie ihre Eltern leblos im Krankenhaus gesehen hatte, tief in ihrem Herzen begraben und mit niemandem darüber gesprochen. Selbst bei der Beisetzung war sie wie erstarrt gewesen und hatte alles wie durch einen Nebelschleier wahrgenommen. Ihre Freunde und die vielen Bekannten ihrer Eltern hatten kondoliert und sich über das Geschehene unterhalten.

Inka konnte von all dem nichts erfassen. Sie hatte mechanisch geantwortet und jegliches Gefühl war ihr verloren gegangen.

Nun brach es sich seine Bahn. Vielleicht lag es am Elternhaus und den Schwingungen, die sie hier empfand. Inka hatte gar nicht gewusst, dass man so viele Tränen weinen konnte.

Peter reichte ihr ein Taschentuch. Er hatte einen undefinierbaren Ausdruck in den Augen, sie wirkten unergründlich und als würde man ins Bodenlose fallen, wenn man zu lange hinsah.

Inka bemerkte, dass sie beide noch gar nichts gegessen hatten. Der Kaffee in den Tassen war inzwischen ebenfalls kalt. Hastig stand sie auf, leerte die Tassen aus und goss neuen Kaffee ein. „Ich bin ja eine schöne Gastgeberin", meinte sie. Peter winkte ab: „In so einer Situation würde es mir genauso gehen. Und selbst mir als Unbeteiligtem geht die Geschichte sehr nahe."

Erklärte das den eigenartigen Augenausdruck? Wahrscheinlich war er nicht geübt im Umgang mit Trauernden.

„Jetzt lassen Sie uns aber endlich frühstücken", sagte Inka. Ihre Tränen waren endlich versiegt. Sie genoss die frischen Brötchen und aß mit großem Appetit.

Inka erzählte Peter, dass sie mit ihren Eltern meistens lange am Küchentisch beim Frühstück gesessen hatte. Hier wurde alles besprochen, was wichtig war. Es ging immer sehr ausgelassen zu am Frühstückstisch. Mittags aßen ihre Eltern im Restaurant und Inka in der Schule, außer natürlich am Wochenende. Abends trafen sie sich im Wohnzimmer oder auf der Veranda und hörten gemeinsam alte Schallplatten. Inka fand diese Abende herrlich. Selbst nach ihrem Auszug aus dem Elternhaus wurde bei jedem ihrer Besuche ausgiebig gefrühstückt und abends gemeinsam Musik gehört. Beim Frühstück besprach man alles Wichtige, abends wurde der Musik gelauscht und über angenehme Dinge geplauscht.

Jeden Abend gab es zum Essen irgendeine Suppe. Diese köchelte den ganzen Nachmittag auf dem Herd und verströmte ihren verlockenden Duft im ganzen Haus. Das Radio in der Küche dudelte dabei ebenfalls die ganze Zeit vor sich hin.

Bei dieser Erzählung huschte ein Schatten über Peters Gesicht, kaum wahrnehmbar, aber Inka hatte es bemerkt. „Was haben Sie? Hatten Sie kein so schönes Verhältnis zu Ihren Eltern?"

„Sie sind aber sehr aufmerksam", bemerkte Peter, „Nein, ich habe keine solchen Erinnerungen. Meine Eltern sind gestorben, als ich noch ganz klein war. Aber ich möchte nicht weiter darüber reden."

„In Ordnung", sagte Inka mitfühlend, „das kann ich gut verstehen."

Nach dem Frühstück lud Peter sie ein, mit ihr ins Einkaufszentrum zu fahren, damit sie sich mit dem Notwendigsten versorgen konnte.

„Müssen Sie denn nicht arbeiten?", fragte Inka. „Nein, zurzeit habe ich Urlaub", antwortete Peter.

Er erzählte ihr, dass er nur in der Urlaubszeit und an den Wochenenden hier in Bötzow wohnte, in der übrigen Zeit des Jahres jedoch in einer Wohnung in Berlin-Spandau.

Also nahm Inka das Angebot an und sie verabredeten sich für 9.30 Uhr vor dem Haus.

Pünktlich fuhr Peter mit einem Nobelschlitten vor. Inka war ganz aufgeregt. In so einem flotten Wagen war sie noch nie mitgefahren. Peter stieg aus, ganz Gentleman, und hielt Inka die Autotür auf. Sie stieg ein und versank in einem gemütlichen Ledersitz. Ihre Beine konnte sie komplett ausstrecken. Inka war zwar nur 1,57 m groß, aber selbst für ihre Größe boten die Autos, in denen sie sonst fuhr, nicht so viel Beinfreiheit. Peter startete den Wagen und augenblicklich umfingen sie eine fantastische Innenbeleuchtung sowie zauberhafte Musik.

Die Fahrt zum Einkaufszentrum verging wie im Flug.

Der Einkauf ging dann auch recht zügig vonstatten, Inka fand schnell die benötigten Lebensmittel und an der Kasse standen nur drei Leute vor ihnen. Während Inka die Sachen auf das Band legte, fühlte sie sich eigenartig beobachtet. Peter schaute sie ständig mit einem unergründlichen Blick an, wenn er dachte, sie würde es nicht sehen. „Eigenartig", dachte sie, „bilde ich mir das nur ein oder mustert er mich?". Sie sprach ihn jedoch nicht darauf an. Stattdessen packte sie zügig ihre Einkäufe ein und Peter trug die Beutel ins Auto. Die Fahrt zurück gestaltete sich genauso angenehm, wie die Hinfahrt es gewesen war.

Peter trug ihr die Taschen in die Küche und setzte sich wie selbstverständlich an den Küchentisch. Inka räumte die Sachen in die Schränke und in den Kühlschrank. Dann setzte sie sich ebenfalls. Eigentlich erwartete sie, dass Peter sich jetzt verabschieden würde. Das tat er jedoch nicht. Sie bedankte sich noch einmal für seine Hilfe und hoffte, dass er nun gehen würde. Nichts dergleichen geschah.

„Was mache ich nur?", fragte sie sich, „ich möchte doch nicht unhöflich erscheinen. Aber so langsam brauche ich wieder Zeit für mich."

Peter schien nichts von ihrer Stimmung zu bemerken. Er fragte sie, ob er ihr bei der Sichtung der Sachen ihrer Eltern helfen solle. Das ging ihr nun doch zu weit. Trotzdem blieb sie höflich, schließlich hatte er ihr ja sehr geholfen.

Sie bat ihn, zu gehen und sie erst einmal allein zu lassen, da es doch sehr persönliche Dinge waren, auf die sie stoßen würde. Peter wirkte etwas sauertöpfisch, willigte jedoch ein.

„Dann müssen Sie aber mit mir zu Abend essen. Ich lade Sie ein. Um 19 Uhr hole ich Sie mit meinem Wagen ab." Inka fand den Ton etwas unangemessen, trotzdem sagte sie zu.

Den ganzen Abend allein im Haus ihrer Eltern zu verbringen, davor hatte sie ein wenig Angst, und eigentlich war Peter ein netter Gesellschafter.

Als Peter gegangen war, räumte sie erst einmal die Küche auf und sortierte bei der Gelegenheit einige Dinge aus. Inka wusste nicht so recht, wie viele Sachen sie in den Schränken belassen sollte. Sie hatte noch keine Entscheidung getroffen, was das Haus anging.

Inka bewohnte zurzeit eine gemütliche Zwei-Raum-Wohnung in Oranienburg. Die Miete war erschwinglich, da sie noch einen alten Mietvertrag besaß. Sie arbeitete in einem Friseursalon und war mit ihrem Verdienst und mit der Arbeitsatmosphäre sehr zufrieden. Nach der Arbeit ging sie mehrmals in der Woche ins Fitnessstudio. Dort traf sie sich regelmäßig mit ihren Freunden. Mindestens einmal im Monat lud Inka ihre Freunde zu einem gemütlichen Abend in ihrer kleinen Wohnung ein. Sie kochte leidenschaftlich gern und hatte Spaß daran, ihre Freunde zu bewirten.

Inka konnte sich durchaus vorstellen, nach Bötzow zu ziehen und von dort aus zur Arbeit zu fahren.

Aber wollte sie das wirklich, allein in einem großen Haus wohnen?

Es hatte gewiss einige Vorteile. Die Miete würde ganz wegfallen, da die Eltern den Hauskredit schon vor Jahren abbezahlt hatten. Sie wäre an den Wochenenden im Grünen und könnte die Abende im Sommer auf der Terrasse verbringen. Aber ob ihre Freunde sie auch hier in Bötzow besuchen würden?

Genauso gut könnte sie sich vorstellen, das Haus als Zweitwohnsitz zu nutzen und nur die Wochenenden und Urlaubstage hier zu verbringen. Dann wäre sie nach der Arbeit schneller zu Hause, könnte ihr Fitnessstudio bequemer erreichen und wäre für ihre Freunde besser erreichbar. Wenn sie doch bloß eine richtige feste Freundin hätte, mit der sie über diese Dinge reden könnte. Für solche Entscheidungsfindungen war in der Vergangenheit stets ihre Mutter zuständig gewesen.

Irgendwie sträubte sich in Inka alles gegen den Gedanken, das Haus zu verkaufen.

Zum Glück hatte sie zwei Wochen Urlaub und konnte sich also mit der Entscheidung Zeit lassen.

Sollte sie sich für den Hausverkauf entscheiden, müsste sie allerdings spätestens in der zweiten Urlaubswoche einiges organisieren, da würde allerhand Arbeit auf sie zukommen.

Inka beschloss, erst mal alle Schränke und Schubladen durchzusehen. Sie nahm sich zuerst die Kleiderschränke vor. Diese musste sie auf jeden Fall ausräumen.

Da Inkas Mutter eine viel kräftigere Statur gehabt hatte und auch größer als sie gewesen war, passten Inka die schönen Kleider leider nicht. Überhaupt sahen sich Inka und ihre Mama gar nicht ähnlich. Die Mutter hatte hellblonde Haare, blaue Augen und eine kräftige Kinnpartie. Inkas Haare schimmerten tiefschwarz, ihre Augen wiesen einen satten Braunton auf und ihre Lippen empfand sie persönlich als viel zu schmal. Daher bevorzugte Inka generell ganz andere Kleidungsstücke, als ihre Mutter sie getragen hatte.

So nahm sie für sich persönlich nur ein paar Tücher und Schals.

Die restlichen Sachen legte sie Stück für Stück ordentlich zusammen, wobei sie bei jedem Teil innehielt und von Erinnerungen übermannt wurde.

Ihre Kindheit und Jugend waren so unglaublich schön gewesen. Auch in den späteren zehn Jahren waren ihre Eltern immer für sie da gewesen. Sie stellten den Leuchtturm in ihrem bisherigen Leben dar, der ihr stets den richtigen Weg wies. Mit allen Sorgen konnte sie zu ihrer Mutter kommen. Inka erinnerte sich, wie sie ihr von ihrer ersten großen, aber nicht erwiderten Liebe erzählt hatte. Damals trug die Mutti das azurblaue Kleid, das sie jetzt gerade in der Hand hielt. Sie sah atemberaubend schön aus in diesem Kleid. Inka konnte noch immer das seidige Gefühl spüren, das sie bei der Umarmung ihrer Mama auf der Haut verspürt hatte. Die Mama hatte Inka fest im Arm gehalten und sie gestreichelt, bis die Tränen versiegt waren. Inka fühlte sich ernst genommen und getröstet. Anschließend hatte ihre Mama heiße Schokolade gekocht und sich mit ihr gemeinsam an den Küchentisch gesetzt. Dort hatten sie von der Zukunft geträumt und ein Bild von Inkas Traummann entworfen. Danach hatte Inka wieder viel zuversichtlicher in die Welt geblickt.

Wieder in der Gegenwart angekommen, legte Inka auch dieses Kleid ordentlich zusammen und auf den Stapel zu den anderen Sachen.

Langsam nahm sie das Zimmer um sich herum wieder wahr und sah mehrere Berge zusammengelegter Kleidungsstücke.

Inka holte aus dem Haushaltsraum blaue Säcke. In ihnen verstaute sie die Kleidungsstücke. In Oranienburg gab es eine Kleiderkammer. Dort würde sie die Sachen hinbringen.

Als Inka fertig war, standen acht gepackte Säcke im Schlafzimmer. Die würde sie gar nicht mit einem Mal wegbekommen. Sie fuhr doch nur einen kleinen VW Polo. Außerdem musste sie bei dem Versuch, einen Sack hochzuheben, ganz schön pusten. Waren die schwer! Das schaffte sie nie im Leben allein. Sie ließ die Säcke im Zimmer stehen und vertagte die Aktion. Vielleicht kamen noch mehr Dinge hinzu, die transportiert werden mussten.

In der Küche hatte sie schließlich auch schon einige Sachen aussortiert und auf den Schrank gestellt.

Dort ging Inka jetzt hin und brühte sich eine große Tasse Kaffee auf. Sie setzte sich an den Küchentisch, legte beide Hände um die Kaffeetasse und genoss deren Wärme. Ihre Finger waren beim Sortieren der Kleidung richtig kalt geworden, das hatte sie gar nicht bemerkt. Der Kaffee tat gut, nicht nur äußerlich, ein warmes Gefühl breitete sich in ihrem Inneren aus. Trotzdem konnte sie sich nicht aufraffen, wieder nach oben zu gehen und sich auf die Suche nach dem Geheimnis ihrer Mama zu begeben. Alle Glieder fühlten sich schwer an und der Kopf tat ihr weh. Sie legte den Kopf auf die Arme und schloss die Augen. Sie sah viele kleine tanzende Pünktchen. Es dauerte eine ganze Weile, bis das Tanzen der Pünktchen vor ihren Augen nachließ. Endlich hörte es ganz auf. Inka öffnete die Augen und gab sich einen Ruck. Schließlich wollte sie bald Gewissheit haben.

Sie lief ins Wohnzimmer und öffnete nun auch hier die Schränke und Schubladen. Dabei stieß sie als Erstes auf mehrere Fotoalben. „Die werde ich mir heute Abend nach dem Essen in Ruhe ansehen", beschloss Inka. Sie stöberte weiter. Im Schrank standen viele Bücher. Neben Romanen verschiedenster Gattungen fanden sich hier auch Reiseberichte und Kochbücher. In einer Kiste im oberen Regalfach hatte Inkas Vater seine persönlichen Schätze aufbewahrt.

Hier fand sie eine goldene Taschenuhr mit Kette, die er von seinem Vater geerbt hatte, Passfotos aus verschiedenen Lebensjahren, einige Ersttagsbriefe, eine kleine Münzsammlung und einen Stapel Liebesbriefe.

Jetzt wurde es interessant. Inka öffnete das Band, das um die Briefe geknüpft war, und begann aufgeregt zu lesen.

Die Briefe waren allesamt an eine Wilhelmine gerichtet. Inka erinnerte sich, dass ihre Uroma mit Vornamen Wilhelmine hieß. Dann mussten die Briefe wohl von ihrem Urgroßvater stammen.

Inka hatte Mühe, die Schrift zu entziffern, da sie sehr verschnörkelt war. Inkas Urgroßvater hatte die Briefe von den Kriegsschauplätzen geschickt, er war als Soldat an der Front gewesen.

Für ihr Alter waren die Schriftstücke noch sehr gut erhalten und die Tinte war nur an wenigen Stellen etwas verwischt. Inka las wie gebannt von den Träumen und Sehnsüchten ihres Urgroßvaters.

Immer wieder versicherte er ihrer Urgroßmutter seine Liebe.

Den letzten Brief hatte er am 8.1.1942 geschrieben.

Ostfront, 8.1.1942

Meine geliebte Wilhelmine,
wie geht es dir und unserem kleinen Paul? Er wird nun bald ein Jahr und entwickelt sich hoffentlich prächtig. Was würde ich darum geben, ihn endlich einmal sehen zu können und auch dich, liebe Wilhelmine, in meine Arme schließen zu dürfen. Ich wäre so gern bei euch, um dich, meine geliebte Frau, zu unterstützen und für den kleinen Paul endlich ein richtiger Vater zu sein.
An unserer Front sieht es nicht gut aus. Ich weiß nicht, wie lange dieser Schrecken noch andauern wird. Wir müssen immer weiter zurückweichen, viele Kameraden haben mit Erfrierungen zu kämpfen. Mit so einem harten Winter hatte wohl niemand gerechnet.
Ich träume mich jede Nacht zu dir nach Hause und stelle mir unser gemeinsames Leben nach dem Krieg vor. Manchmal beschleicht mich die Angst, dass es das nicht geben wird. Ich hoffe, dass meine Träume keine Schäume sind und wir irgendwie aus diesem Schreckenskarussell herausfinden. Ich sehne mich so sehr nach dir und deiner Liebe.
Bitte gib Paul einen dicken Kuss von mir, und du mein Liebling, sei umarmt und geküsst
von deinem dich ewig liebenden Erwin.

Inka hatte nicht bemerkt, dass sie schon wieder weinte, diesmal jedoch aus Rührung über die tief empfundene Liebe ihres Uropas. Schnell stand sie auf und legte den Brief auf den Stapel zurück. Dies musste das letzte Lebenszeichen ihres Urgroßvaters gewesen sein. Inka wusste, dass er noch im Januar 1942 gefallen war.

Sie war sehr dankbar, dass diese Zeugnisse aus ihrer Vergangenheit erhalten geblieben waren. Sie legte alles wieder in die Kiste und stellte sie zurück in den Schrank. Die Bücher, Fotoalben und diese Kiste würde sie, sollte sie das Haus behalten, in dem Schrank belassen.

Es klopfte an der Eingangstür. Inka sah auf die Uhr. „Oje, jetzt habe ich doch komplett die Zeit vergessen", dachte sie. Es war bereits 19.05 Uhr. Wieder klopfte es, diesmal sehr eindringlich.

Schnell lief Inka nach unten und öffnete die Tür. Peter war wütend. Er stapfte in den Flur und machte seinem Ärger lautstark Luft. „Es tut mir leid", flüsterte Inka, „ich habe nicht gemerkt, wie die Zeit verging." Sie erzählte ihm von den gefundenen Briefen ihres Urgroßvaters. „Und deswegen lassen Sie mich wie ein dummer Junge in meinem Wagen vor dem Haus stehen?" Inka war unangenehm berührt. Zaghaft fragte sie: „Möchten Sie nun nicht mehr mit mir essen gehen?"

Peter schien allmählich zu bemerken, dass es Inka nicht gut ging. „Natürlich steht meine Einladung noch", lenkte er etwas versöhnlicher ein. „Ich müsste mich aber noch ein bisschen frisch machen", sagte Inka, „so verweint können Sie sich doch nicht mit mir sehen lassen." Nun bemerkte auch Peter die Tränenspuren auf Inkas Gesicht. „Ich warte im Wagen auf Sie", bot er an. Inka lief ins Bad und versuchte, ihr Gesicht ein wenig vorzeigbar zu schminken. Noch ein kurzer Blick in den Spiegel: So könnte es gehen. Sie schnappte sich ihre Jacke und zog sie beim Hinunterlaufen an. Als sie in Peters Auto stieg, war sein Ärger komplett verraucht und er empfing sie wieder mit dieser unergründlichen Freundlichkeit.

Nach einer halben Stunde Fahrt hielt Peter vor einem italienischen Restaurant, dass sich direkt neben der Straße in einem Flachbau befand, mit Parkplatz und Biergarten direkt vor dem Haus. „Ich hoffe, Sie mögen italienisches Essen?", fragte er.

Inka war begeistert, sie war ein ausgesprochener Fan der italienischen Küche. „Da haben wir ja etwas gemeinsam", meinte Peter, „ich liebe italienisches Essen." Der Kellner begrüßte sie mit Handschlag an der Tür und führte sie zu einem runden Tisch für zwei Personen.

Das Restaurant gefiel Inka auf Anhieb. Es war sehr geschmackvoll eingerichtet. Peter bestellte zweimal Spaghetti Carbonara, einen halben Liter italienischen Wein und eine Flasche Wasser. Inka war etwas irritiert, da er sie gar nicht nach ihren Wünschen fragte, aber andererseits hatte er sie ja schließlich eingeladen und bezahlte die Rechnung.

Zum Glück mochte sie die Dinge, die er bestellt hatte. So ließ sie es sich dann auch gut schmecken.

Beim ersten Glas Wein bot Peter Inka das „Du" an. Inka willigte ein, alles andere wäre albern gewesen.

Sie kamen ins Gespräch über Inkas Eltern.

Peter erzählte, dass er mit ihnen nie ein Wort gewechselt hatte. Er kannte sie nur vom Sehen, fand aber Inkas Geschichten sehr interessant.

Sie erzählte Peter nun auch von dem Geheimnis ihrer Mutter. Dabei huschte wieder dieser kaum wahrnehmbare Schatten über Peters Gesicht.

Sofort war die reservierte Freundlichkeit zurück.

Inka betrachtete Peter etwas genauer, während er die Rechnung bezahlte. Er hatte braune Augen, eine gerade Nase und einen ziemlich großen Mund mit schmalen, blassroten Lippen. Der Drei-Tage-Bart stand ihm recht gut, fand Inka. Er passte zu den buschigen, braunen Augenbrauen.

Peter erschien ihr rätselhaft und sie konnte sich keinen Reim auf seine unterschiedlichen Wesenszüge machen. Sie traute sich jedoch nicht, ihn darauf anzusprechen.

Sie brachen auf und fuhren zurück nach Bötzow. Peter brachte Inka zur Haustür.

Sie hatte den Eindruck, dass er gern mit hineingegangen wäre. Die Fotoalben, die oben auf sie warteten, waren etwas sehr Persönliches. Dies wollte Inka mit niemandem teilen. Also verabschiedete sie Peter. Er schaute sie sehr traurig an. Es wirkte direkt ein wenig böse.

Trotzdem, sie blieb dabei und ging allein ins Haus.

Inka begab sich dann auch sofort nach oben und tauchte mit dem Ansehen der Alben in die Vergangenheit ein.

Das erste Album enthielt Fotos von 1994 und 1995. Inka war damals erst ein Jahr alt und ziemlich pausbäckig. Ihre Haare waren damals lockig und blond. Heute würde sie sich über ein paar Locken sehr freuen und die Haarfarbe hatte sich im Laufe der Jahre in braun gewandelt. Inka war auf jedem der Bilder zu sehen und neben ihr entweder ihr Papa oder ihre Mama. Einer von beiden hatte wohl immer fotografiert. Sie sahen so glücklich miteinander aus. Auf der letzten Seite fand sie zwei Fotos von ihrem zweiten Geburtstag.

Auf dem Tisch stand ein großer Kuchen mit zwei Kerzen. Diesmal gehörten zum Fotomotiv auch noch ihre Omi und ihr Opi. Inkas Wangen waren bis zu den Ohren mit Schokolade beschmiert, und offensichtlich fand ihre Familie das sehr lustig.

In den nächsten Alben fand sie Fotos aus dem Kindergarten. Ach ja, sie erinnerte sich, da gab es diesen Jungen, Nils hieß er, der ärgerte Inka immer. Deswegen sah sie auf einigen Aufnahmen sehr verweint aus.

Es folgten Bilder von der Einschulung. „Meine Güte", dachte Inka, „die Schultüte war ja viel größer als ich." Bei der Einschulungsfeier war nur noch ihre Oma dabei, der Opa war ein Jahr zuvor gestorben. Sie hatten Inka damals gesagt, ihr Großvater sei im Himmel. Das verstand sie nicht. Was könnte er denn dort wollen? Daraufhin erklärte ihr ihre Mutti, dass er jetzt dort oben wohne und auf sie herunterschaue. Das beruhigte das kleine

Schulmädchen mit der großen Schultüte. Auf diese Weise war ihr Opi schließlich doch bei der Feier dabei.

Das nächste Album zeigte Inka mit ihren Klassenkameraden in den verschiedenen Klassenstufen. Es waren die typischen Fotos, welche von Fotografen gemacht wurden, die extra dafür an die Schule kamen. Inka hatte das Glück gehabt, von der Einschulung bis zum Schulabschluss in der gleichen Klasse lernen zu dürfen. So waren auf den Bildern immer dieselben Gesichter, jedoch von Bild zu Bild größer und schließlich auch erwachsener. Nur Klassenlehrer war ab der 7. Klasse ein anderer. Inkas Quälgeist aus dem Kindergarten kam zu ihrem Glück an eine andere Schule. In ihrer Klasse gab es nur Mädchen und Jungen, mit denen sie sich prima verstand. So sah sie die gesamte Schulzeit hindurch auf den Fotos sehr glücklich aus.

Im folgenden Album befanden sich Fotos von ihrer Lehrausbildung. Wow, was trugen sie alle für fesche Frisuren auf den Bildern!

Jetzt war Inka bei den Urlaubsfotos angelangt. Ihre Eltern waren unglaublich viel mit ihr gereist. Vor der Einschulung flogen sie jedes Jahr im Frühling und im Herbst in die Wärme. Als Inka dann zur Schule ging, nutzten sie die gesamte Sommerferienzeit für Reisen ins In- und Ausland. Die einzigen Kontinente, die Inka auf den Reisen noch nicht kennengelernt hatte, waren Australien und die Antarktis.

Das nächste Album beschrieb ein unschönes Kapitel in Inkas Leben. Kurz nach ihrer Lehrzeit war sie mit einem jungen Mann zusammengezogen. Sie hatten sich auf einer Frisuren-Messe Hals über Kopf ineinander verliebt. Marcus arbeitete dort als Model und Inka durfte ihm die Haare frisieren. Sie hatten nur noch Augen füreinander und bekamen von der Messe so gut wie nichts mit. Marcus war 1,80 m groß und trug kurze blonde Haare. Aus seinen tiefblauen Augen schaute er sie so charmant an, dass sie ihm auf der Stelle verfallen war. Marcus besaß bereits jede Menge Lebenserfahrung, schließlich war er 10 Jahre älter als Inka.

Sie bezogen sehr schnell eine kleine Wohnung zusammen. Die ersten Wochen vergingen wie im Rausch. Sie waren so verliebt. Dann verrutschte die rosarote Brille und Inka bemerkte die Schwächen von Marcus. Was er alles herumliegen ließ, es war nicht auszuhalten. Außerdem beharrte er stets auf seiner Meinung und ließ keinen anderen Gedankengang zu. Es dauerte nur ein halbes Jahr, dann waren sie so zerstritten, dass sie den Kontakt komplett abbrachen.

Zum Glück waren auf den Fotos im Fotoalbum all die guten Momente dieser Beziehung abgelichtet.

Das letzte Album enthielt Familienfotos ihrer Großeltern und Eltern. Inka verlor sich komplett in den Gesichtern ihrer Vorfahren. „Nun sind sie alle tot, nur ich bin noch übrig", ging es ihr durch den Kopf.

Auf einmal fühlte sie sich sehr müde und mutterseelenallein. Sie klappte das Album zu und schaute auf die Uhr. Es war weit nach Mitternacht. „Nun muss ich aber sehen, dass ich wenigstens noch ein bisschen Schlaf bekomme", sagte sie zu sich und ging ins Bett.

3

Am Morgen klopfte es wieder um Punkt 7 Uhr an der Haustür. Schlaftrunken taumelte Inka die Treppe herunter und öffnete die Tür. Peter war offensichtlich ein Frühaufsteher. „Nach Ihnen kann man ja die Uhr stellen", bemerkte Inka mit einem Lächeln. Wieder hatte Peter frische Brötchen dabei. Er schob sich wie selbstverständlich an Inka vorbei und saß, als sie die Küche betrat, bereits mit ausgestreckten Beinen in bequemer Haltung am Tisch.

Also bereitete Inka den Kaffee zu und deckte den Tisch. Beim Frühstück erzählte ihr Peter von den Sehenswürdigkeiten in Spandau und Umgebung. „Ich muss dir das unbedingt alles mal zeigen", sagte er. „Wie wäre es mit einem gemeinsamen Ausflug?" Inka fand die Idee reizend, zögerte allerdings, da sie ja einiges in ihrem Elternhaus zu tun hatte.

„Ich weiß doch noch immer nicht, wonach ich suchen muss, um zu erfahren, welches Geheimnis meine Mutter so beschäftigt hat, dass sie deshalb extra mit mir reden wollte,", gab sie zu bedenken. „Keine Sorge", winkte Peter ab, „du hast doch noch zwei Wochen Zeit. Und ein bisschen Ablenkung und frische Luft tun dir bestimmt gut. Schließlich hast du Urlaub." „Okay", gab sie sich geschlagen.

Sie räumte die Küche auf und machte sich ein wenig zurecht. Diesmal wartete Peter währenddessen in der Küche.

Sie fuhren erneut mit seinem schnittigen Wagen.

Zuerst zeigte Peter ihr den Zoo im Spandauer Forst. Hier brauchte man keinen Eintritt zahlen und konnte die Tiere in riesigen Freigehegen beobachten. Es gab vor allem Rotwild und Wildschweine zu sehen. Inka war begeistert. Peter entpuppte sich als wandelndes Tierlexikon. Was er alles wusste, Inka war vollkommen fasziniert und sah ihn plötzlich in einem ganz anderen Licht. Wenn Peter über die Eigenarten der Tiere sprach, sprühten seine Augen förmlich vor Begeisterung. Es war so schön, ihn so gelöst zu sehen. „Was ist das nur", fragte sich Inka, „was ihm derart zu schaffen macht, dass er sonst immer so traurig kuckt?" Als sie den kleinen Tierpark verließen, änderte sich Peters Blick wieder und nahm diesen resignierten Ausdruck an.

Die Mittagszeit rückte heran. Peter lud Inka in ein Gasthaus in der Nähe ein. Er hatte einen Tisch vorbestellt, sonst hätten sie hier nicht essen können. Sämtliche Tische waren voll besetzt oder reserviert. „Seltsam", dachte Inka, „er musste sich seiner Sache doch sehr sicher gewesen sein, dass ich mitkommen würde, wenn er im Vorhinein bereits einen Tisch bestellt hatte." Peter hatte sogar die Speisen und Getränke bereits vorher ausgewählt. Inka fühlte sich so langsam überfahren von seiner bestimmten Art. Selbst ihr Angebot, sich an der Rechnung zu beteiligen, wurde rigoros von Peter abgelehnt. So hatte sie dann auch keine rechte Lust mehr, mit Peter den Nachmittag zu verbringen.

Er duldete jedoch keinen Widerspruch und fuhr mit seinem Wagen zur Zitadelle. Hier kaufte er zwei Eintrittskarten für die Ausstellung. Inka versuchte erst gar nicht, ihren Eintritt selbst zahlen zu wollen. Sie ergab sich in ihr Schicksal und besichtigte mit Peter diese historische Festungsanlage. Sie ließ sich die alten Gerätschaften zeigen und erklären. Wieder war Peter ein ausgezeichneter Reiseführer. Er kannte sich mit der Festungsgeschichte sehr gut aus und erzählte viele lustige Anekdoten. Wieder nahmen seine Augen einen strahlenden Ausdruck an. Als Inka ihm jetzt noch versicherte, dass er der beste Reiseführer aller Zeiten war, wurde das Strahlen noch stärker. Als ob er sich in den Geschichten verlor und all seine Sorgen vergaß.

Schließlich war es Zeit zum Abendessen. Sie hatten tatsächlich den ganzen Nachmittag in der Zitadelle verbracht.

Sie fuhren wieder zum Italiener. Heute bestellte Peter Lasagne für sie beide. Inka wunderte sich, dass sie wieder nicht gefragt wurde. Das schien eine Marotte von Peter zu sein. Das Essen schmeckte köstlich, der Wein ebenfalls.

Beschwingt von den schönen Erlebnissen des Tages wollte sich Inka vor dem Haus von Peter verabschieden. Dieses Mal ließ er sich nicht abwimmeln. Resigniert ließ sie ihn eintreten.

Aber, was war das? Im Hausinneren sah es aus, als hätte eine Bombe eingeschlagen. Überall lagen Sachen auf dem Boden verstreut. Sämtliche Schränke und Schubladen waren aufgerissen und durchwühlt. Was war hier geschehen?

Offenbar hatte jemand eingebrochen und irgendetwas gesucht. Inka war fassungslos und konnte gar nicht begreifen, was hier geschehen war.

Peter wurde auf einmal sehr nervös. Er griff zum Handy und wählte die Nummer der Polizei. Dann schob er Inka zur Küche und setzte Teewasser auf. Dabei wirkten seine Bewegungen fahrig. Als Inka den dampfenden Tee vor sich stehen hatte, verabschiedete er sich hastig von ihr und murmelte etwas wie: „Die Polizei wird gleich da sein, jetzt brauchst du mich nicht mehr."

Dann kam auch schon die Polizei. „Guten Tag, ich bin Kommissar Kosel und das ist mein Assistent Baumann", stellten sich die Polizisten vor. Sie waren beide mittleren Alters und Inka fasste sofort Vertrauen zu ihnen.

Die beiden Herren besahen sich erst mal den Schaden. Auf die Frage, ob etwas gestohlen worden wäre, wusste Inka keine Antwort. Sie hatte doch selbst noch keinen Überblick über die Dinge in den Schränken.

Es schien nichts Offensichtliches zu fehlen.

Inkas Reisetasche im Gästezimmer stand dort unberührt. Sie war für die Einbrecher scheinbar uninteressant gewesen.

Ihr Bargeld, ihre Geldkarte und ihre Ausweise hatte Inka zum Glück in ihrer Handtasche zum Ausflug mitgenommen.

Herr Baumann nahm erst einmal die Anzeige auf und Kommissar Kosel gab Inka ein Kärtchen mit seiner Telefonnummer: „Für den Fall, dass Sie doch noch etwas vermissen."

Inka war zu kaputt, um heute noch mit dem Aufräumen zu beginnen. Todmüde fiel sie ins Bett.

Kapitel 2

1

Als Inka gegen halb acht erwachte, war es anders als an den Tagen zuvor. Sie ging ins Bad, duschte, machte sich zurecht, zog sich an und lief die Treppe zur Küche hinunter. Auf einmal fiel ihr ein, was anders war. Niemand klopfte an der Tür. Sie machte sich einen Kaffee und schmierte sich in Ermangelung von frischen Brötchen eine Scheibe Brot. Es war immer noch nichts von Peter zu hören oder zu sehen. Inka ging zum Fenster vom Wohnzimmer. Von dort aus konnte sie zu Peters Haus schauen. Komisch. Die Rollläden waren heruntergelassen, vor dem Haus stand kein Auto. „Na gut", dachte Inka, „vielleicht musste Peter heute dringend irgendwo hin und hatte gestern noch nicht daran gedacht. Die Ereignisse am gestrigen Abend waren sicher auch für Peter sehr aufregend gewesen. Bestimmt wird er heute Abend wieder zurück sein. Sonst hätte er mir doch Bescheid gesagt."

So hatte sie heute endlich Zeit für ihre Suche. Und das ganze Einbruchschaos musste sie auch noch beseitigen. „Dann mal los", sagte Inka zu sich. Raum für Raum räumte sie alle Sachen wieder ordentlich in die Schränke und schaute dabei gleich nach, ob irgendwelche persönlichen Schriftstücke oder Dokumente unter den Sachen waren.

Seltsam, die Kassette ihres Vaters mit den persönlichen Dingen, die sie bereits am ersten Tag entdeckt hatte, lag leer auf der Erde und daneben sämtliche Gegenstände, welche die Kassette enthielt, einschließlich der goldenen Taschenuhr. Was hatten die Diebe nur gesucht? Schmuck war es offensichtlich nicht. Im Arbeitszimmer ihres Vaters hatten die Einbrecher die Reisepässe ihrer Eltern auf den Boden geworfen und etliche Ordner mit Versicherungsunterlagen, Strom-, Gas- und Wasserabrechnun-

27

gen sowie Unterlagen von der Haussanierung vor sieben Jahren durchwühlt.

Darin konnte doch kein Geheimnis versteckt sein.

Inzwischen war es später Nachmittag.

Inka merkte plötzlich, dass sie richtig Hunger hatte. Sie schaute rüber zu Peters Haus. Unverändert, von Peter keine Spur.

Das war nun doch seltsam. Ob er kurzfristig zur Arbeit zurückmusste? Sie hatte ihn gar nicht gefragt, was er beruflich tat. Für ihre Arbeit hatte er sich auch nicht interessiert.

„Okay", dachte Inka, „dann gibt es heute also Brot und Käse zum Abendbrot." Damit verplemperte sie nicht so viel Zeit und konnte nach dem Essen noch einiges schaffen.

Peter ging ihr nicht aus dem Kopf. „Wir haben nicht einmal unsere Telefonnummern ausgetauscht", stellte Inka nun verwundert fest.

Dass sie keine Nachricht von ihm bekommen hatte, irritierte sie sehr. Das passte gar nicht zu Peter. Er hatte sich doch förmlich aufgedrängt und hätte am liebsten mit ihr gemeinsam nach dem Geheimnis gesucht.

Inka ging zum Hausbriefkasten. Vielleicht hatte Peter dort eine Nachricht für sie hinterlassen. Außer einem Werbeprospekt von Kaufland fand sie nichts in dem Kasten. Inka hoffte inständig, dass Peter nichts passiert war.

Nach dem Abendessen nahm sich Inka noch einmal den Schrank im Arbeitszimmer ihres Papas vor. Sie schaute alle Ordner genau durch und stellte einen nach dem anderen ordentlich in den Schrank zurück.

Sie fand das Familienstammbuch, darin die Geburtsurkunden ihrer Eltern, die Heiratsurkunde und ... wie konnte das sein? ... ihre eigene Geburtsurkunde fehlte. Außerdem blieb beim Reinstellen der Ordner ins Schrankregal eine Lücke. Das passte nicht zu ihrem Vater. Er hatte stets alles penibel, ordentlich und passgenau einsortiert.

Könnte es sein, dass die Einbrecher einen Ordner ihres Vaters und ihre Geburtsurkunde gestohlen hatten? „Komisch", dachte sie, „die goldene Taschenuhr lassen sie liegen und so etwas nehmen sie mit? Enthielt der Ordner Unterlagen zu einem geheimen Bankschließfach oder Ähnlichem?"

Inka beschloss, am nächsten Morgen gleich den Kommissar anzurufen und ihre Entdeckung zu melden.

Vor dem Schlafengehen sah sie noch einmal zu Peters Haus hinüber. Es hatte sich nichts verändert. Peter war wie vom Erdboden verschluckt.

2

Inka erwachte um kurz vor 9 Uhr. „Jetzt muss ich mich aber sputen", trieb sie sich an, „vielleicht ist die Information wichtig für die Ermittlungen der Polizei."

Sie zog sich schnell an, beschränkte sich im Bad auf eine Katzenwäsche und wählte die Telefonnummer auf dem Kärtchen.

Kommissar Kosel war sofort am Telefon und begrüßte Inka sehr freundlich. Nachdem sie berichtet hatte, sagte er: „Das ist eigenartig. Es sieht so aus, als ob die Einbrecher etwas ganz Bestimmtes gesucht hätten. Hatte Ihr Vater mit dunklen Kreisen zu tun?"

„Das kann ich mir eigentlich nicht vorstellen", erwiderte Inka, „Papa war ein rechtschaffener Mann und verdiente in seinem Job gutes Geld. Er hatte es nicht nötig, riskante Geschäfte zu tätigen."

„Ich werde der Sache auf den Grund gehen und die ehemaligen Konten und Bankverbindungen Ihres Vaters durchleuchten. Vielleicht kommen wir der Sache so näher", sagte der Kommissar.

„In Ordnung", meinte Inka, „ich glaube nicht, dass Sie etwas Derartiges finden werden. Halten Sie mich auf dem Laufenden?"

„Na, selbstverständlich", versprach er. „Und das Fehlen der Geburtsurkunde hat sicherlich nichts mit dem Einbruch zu tun. Die finden Sie bestimmt noch irgendwo anders."

„Das glaube ich auch", antwortete Inka, „eine Geburtsurkunde nützt doch niemandem was."

Inka schaute noch mal zum Haus von Peter. Nichts war zu sehen. Also frühstückte sie und begab sich wieder an die Aufräumarbeiten.

Zur Mittagszeit hatte sie alles in Ordnung gebracht. Sie holte sich Putzzeug und den Staubsauger aus dem Hauswirtschaftsraum und unterzog Zimmer und Treppenflur einer gründlichen Reinigung. Nach vier Stunden war sie damit fertig und mit ihren Kräften völlig am Ende.

„Ich muss unbedingt mal raus", sagte sie laut zu sich. Sie sprang schnell unter die Dusche, zog sich danach ausgehfertig an und lief los in Richtung Wald. Die frische Luft tat gut. Inka atmete tief ein und ließ ihre Gedanken los.

Zurück bei ihrem Elternhaus setzte sie sich in ihr Auto und fuhr zum Einkaufscenter. Heute würde sie in dem Imbissrestaurant Abendbrot essen und nicht allein in der Küche. Es gab knusprige Schnitzel mit Gemüse und Pommes. Das war jetzt genau das Richtige für Inka. Sie ließ es sich schmecken und genoss das Gemurmel der Leute an den anderen Tischen. Im Anschluss kaufte sie gleich noch im Kaufland ein und fuhr dann wieder zurück zum Haus ihrer Eltern.

Dort angekommen, hatte sie schon nicht mehr so ein komisches Gefühl.

Sie schloss die Tür auf, räumte die Einkäufe in die Küchenschränke und setzte sich an den Küchentisch. Sie atmete tief durch und fühlte sich auf einmal zu Hause.

„Es ist so schön hier", dachte sie, „ich glaube, ich behalte das Haus."

Sie hatte eine Flasche Rotwein gekauft. Inka schenkte sich ein Glas ein und betrat nun zum ersten Mal, seit ihre Eltern nicht mehr da waren, die Terrasse.

Hier lag noch eine dicke Schicht Laub und die Gartenstühle waren eingestaubt.

Auf dem Plattenspieler lag ebenfalls eine dicke Staubschicht. „Zum Glück hat das Gerät einen Deckel", dachte Inka beruhigt. Sie holte ein Staubtuch und wischte den Plattenspielerdeckel ab. Dann suchte sie eine Schallplatte heraus, legte sie auf den Plattenspieler und betätigte die Starttaste.

Er funktionierte noch. Die Platte drehte sich und eine vertraute Musik erklang.

Inka holte sich eine Decke von drinnen, legte sie auf einen der Stühle und setzte sich. War das schön, dieses vertraute Ritual zu erleben, auch wenn sie nun dabei allein sein musste.

Inka genoss es, auf der Terrasse zu sitzen, und empfand fast so etwas wie Frieden. Sie musste inzwischen nicht mehr weinen und dachte voller Wärme an ihre verstorbenen Eltern.

„Morgen werde ich die Terrasse herrichten", beschloss sie, „dann ist es hier abends noch gemütlicher." Sie trank entspannt ihr Glas Wein. Dann stellte sie die Flasche in den Küchenschrank und ging ins Bett, aber nicht, ohne noch einmal zum Haus von Peter hinüberzuschauen.

3

Ein Klopfen an der Haustür weckte sie.

„Peter ist wieder da", war ihr erster Gedanke. Sie lief die Treppe hinunter und öffnete die Tür.

Es war jedoch nicht Peter. Vor der Tür stand Kommissar Kosel. „Guten Morgen. Entschuldigen Sie bitte die frühe Störung, Frau Langmann, ich wollte mal nach Ihnen schauen und mir noch einmal ein Bild von dem Schrank machen, aus dem der Ordner entwendet worden ist. Ich habe Ihnen frische Brötchen mitgebracht." „Das ist ja nett von Ihnen. Dann gehen Sie doch oben schauen. Ich mache Kaffee und dann frühstücken Sie mit mir, ja?!"

„In Ordnung, so machen wir das. Haben Sie vielen Dank."

Als Kommissar Kosel die Küche betrat, wirkte er ziemlich ratlos. „Sie haben wohl nichts gefunden?", fragte Inka, „und in den

Bankunterlagen bei Ihrer Recherche auch nichts?" „Das ist leider richtig", bestätigte er Inkas Vermutung. „Aber nun lassen Sie uns erst einmal frühstücken. Leerer Bauch denkt nicht gern", meinte der Kommissar. Mit seinen 45 Jahren und dem legeren hellbraunen Anzug sah er sehr attraktiv aus. Kommissar Kosel hatte leuchtende blaue Augen, die sie stets direkt ansahen. Er strahlte eine Ruhe aus, die Inka als sehr angenehm empfand. „Wenn jemand dieses Rätsel lösen kann, dann er", dachte Inka recht zuversichtlich.

Auf seine Bitte hin erzählte Inka alles über ihre im Elternhaus verbrachten Tage noch einmal.

Bei der Erwähnung von Peter stutzte Kosel. „Das ist eigenartig", stellte er verwundert fest, „das Haus gegenüber schien mir in den letzten Jahren immer leer zustehen.

Auch im Sommer waren stets die Jalousien heruntergelassen und es sah vollkommen verwaist aus.

Ich hatte schon in Erwägung gezogen, mich genauer nach den Eigentumsverhältnissen, das Haus betreffend, zu erkundigen, da ich gern hier herausziehen würde. Bis jetzt fehlte mir dazu die Zeit. Ich werde das jetzt schleunigst nachholen, und zwar über den Dienstweg. Mir kommt dieser Peter nicht geheuer vor."

Als Inka so darüber nachdachte und sie sich alle Begegnungen mit Peter ins Gedächtnis zurückrief, fiel ihr wieder der eigenartige Augenausdruck von Peter ein und auch sein zum Teil komisches Verhalten. Erklären konnte sie es sich jedoch nicht.

Inka verabschiedete sich von Kommissar Kosel und war nun sehr gespannt, was er herausfinden würde.

Sie befand sich gerade auf dem Weg zum Keller, da klingelte bereits ihr Handy und der Kommissar meldete sich am anderen Ende.

„Frau Langmann, Sie werden es kaum glauben", sagte er, „das Haus, in dem Ihr Peter sich aufgehalten hat, ist ohne Eigentümer. 2021 sind die Bewohner, ein älteres Ehepaar, bei einem Verkehrsunfall ums Leben gekommen. Seitdem steht das Haus leer, Erben gab es wohl keine. Die Nachbarn haben ab und zu einen Mann, auf den Peters Beschreibung passt, in einem auffälligen Fahrzeug vor dem Haus parken sehen.

Sie dachten, es gäbe wohl doch einen Verwandten, der ab und zu nach dem Rechten sah.

Am Tag Ihrer Ankunft im Haus Ihrer Eltern waren dann die Rollos hochgezogen und der Wagen stand in der Einfahrt. Aber auch dabei haben sich die Nachbarn nichts gedacht. Und als sie Sie, Frau Langmann, dann mit dem Mann in sein Auto steigen sahen und auch beobachten konnten, wie Sie gemeinsam zurückkehrten und ins Haus gingen, dachten sie umso mehr, dass alles seine Richtigkeit hätte."

Inka wurde mulmig zumute. „Wen habe ich da bloß ins Haus gelassen? Entspricht irgendetwas von dem, was mir Peter erzählt hat, der Wahrheit? Wahrscheinlich stimmt nicht einmal sein Name", stellte Inka völlig fassungslos fest.

Sie musste sich setzen. Die Leichtigkeit, die sie am Vorabend verspürt hatte, war verflogen. „Passen Sie bloß gut auf sich auf", mahnte der Kommissar, „ich glaube zwar nicht, dass der vermeintliche Peter zurückkehrt, aber es könnte einen Zusammenhang geben zwischen Peters Auftauchen bei Ihnen und dem Einbruch. Warum sonst sollte er plötzlich so spurlos verschwunden sein?

Vielleicht hat noch jemand eine Rechnung offen!

Ich werde vorsichtshalber eine Wache vor Ihrem Haus postieren und Sie melden sich bitte, sobald Ihnen etwas eigenartig vorkommt oder Sie sogar etwas von Peter hören." Inka versprach es.

Als sie aus dem Fenster sah, konnte sie dort bereits einen Streifenwagen sehen. Der Polizist im Wagen winkte ihr aufmunternd zu. „Ich werde versuchen, diesen ominösen Peter ausfindig zu machen.

Vielleicht kann sich einer der Nachbarn an Einzelheiten erinnern, wie zum Beispiel das Autokennzeichen.

Sie haben es sich nicht zufällig gemerkt, oder, Frau Langmann?!", fragte Kommissar Kosel. Inka verneinte. „Schade" sagte der Kommissar und legte auf.

Nachdem Inka sich etwas erholt hatte, begab sie sich erneut auf den Weg in den Keller. Ihr war nämlich eingefallen, dass man für das Schloss der Dachbodentür einen Extra-Schlüssel benötigte, der im Keller hinter der großen Holzkiste in einem Loch in der Wand versteckt lag.

Dieses Geheimnis hatte ihr Vater ihr im Sommer 2021 verraten, mit der Bemerkung: „Falls uns irgendwann mal etwas passieren sollte, wird dieser Schlüssel sehr wichtig für dich sein. Also merke dir gut, wo er versteckt ist."

„Dort oben schlummert wohl ein Geheimnis?", hatte Inka damals lachend gefragt, „habt ihr mich deshalb nie auf dem Dachboden spielen lassen? Aber, was soll euch schon passieren?"

Sie konnte sich nicht vorstellen, dass ihre Eltern irgendetwas vor ihr verheimlichten.

Jetzt wunderte sich Inka, warum sie nicht gleich daran gedacht hatte. Dieses Gespräch mit ihrem Papa hatte sie komplett ausgeblendet. Das musste der Ort sein, wo sie Antworten fand.

Aufgeregt rannte Inka die Treppen bis zum Dachboden hinauf. Mit zitternden Händen versuchte sie, die Tür aufzuschließen. Dabei fiel ihr der Schlüssel zweimal aus der Hand. Endlich gelang es ihr, den Schlüssel ins Schloss zu stecken und herumzudrehen. Auf dem Dachboden war alles voller Spinnweben. Igitt, war das eklig. Inka bahnte sich einen Weg durch abgestellte Möbel bis hin zu einer alten Holztruhe. Darin befand sich ein Fotoalbum.

Inka setzte sich auf den Rand der Truhe, schlug das Album auf und sah ... sich selbst ... etwa ein Jahr alt. Aber wer waren die anderen Personen auf den Fotos?

Sie sah immer dasselbe Motiv. In der Mitte der Fotografien saßen zwei gleichaltrige Babys und rechts und links von den beiden ein Mann und eine Frau.

Wer waren diese Menschen? Und was hatten sie mit ihr zu tun?

Plötzlich durchfuhr Inka eine Erkenntnis wie ein Blitz. Diese braunen Augen und diese Gesichtszüge des Babys, das auf den Bildern neben ihr saß, hatte sie schon einmal gesehen.

„Peter?!!!" Das konnte doch nicht sein. Wieso waren sie gemeinsam auf diesen Fotos? Und warum hatten ihre Eltern dieses Album so gut versteckt? Seltsam. Inka konnte sich keinen Reim darauf machen.

Fasziniert betrachtete sie die Fotos immer und immer wieder der Reihe nach. Die Aufnahmen erweckten den Eindruck einer glücklichen Familie. Die beiden Kinder sahen sich erstaunlich ähnlich und auch bei dem Mann und der Frau entdeckte Inka Ähnlichkeiten mit den Babys.

Inka erstarrte. Konnte das sein? Bestimmt bildete sie sich das nur ein. Warum sollte sie Ähnlichkeit mit diesen Menschen haben? Das ließ nur eine Schlussfolgerung zu: Sie war nicht das Kind ihrer Eltern, sondern gehörte zu dieser kleinen Familie. Und Peter ... war ihr Bruder???

Jetzt war alles aus. Inka begann zu würgen, alles drehte sich in ihrem Kopf.

Es fühlte sich so an, als hätte sie ihre Eltern zum zweiten Mal verloren.

Warum? ... Warum nur? ... Warum? ... hämmerte es in ihrem Schädel. Wenn sie von ihren Eltern adoptiert worden war, was ja offensichtlich so gewesen sein musste, warum hatten sie daraus ein so großes Geheimnis gemacht und es nicht einmal ihr selbst mitgeteilt, als sie alt genug war, um es zu verstehen? Warum war Peter gerade jetzt aufgetaucht? Wie hatte er davon erfahren? Warum wirkte er so traurig? Warum verschwand er plötzlich wieder, ohne ein Wort? ... Die Fragen tanzten wild in Inkas Kopf herum. Sie war vollkommen überfordert.

Jetzt hatte sie keine Geduld mehr. Sie wollte Antworten. Vielleicht hatte der Kommissar schon etwas über Peter herausgefunden. Schnell lief Inka nach unten, nahm ihr Handy vom Küchentisch und wählte die Nummer von Kommissar Kosel. Völlig außer Atem berichtete sie ihm alles, was sie entdeckt hatte.

Kapitel 3

1

War das eine Hitze. Helene hielt es kaum noch aus. Ihr Bauch war bereits kugelrund und zu beiden Seiten so ausgedehnt, dass er ständig auf ihre Blase drückte. Die Beine schmerzten fürchterlich. Ihre Knöchel waren geschwollen.

Hans kümmerte sich rührend um sie. Tapfer hielt er ihre Hand, obwohl die Blässe in seinem Gesicht mit jeder Wehe zunahm. „Nicht mehr lange, mein Liebling, dann hast du es geschafft", ermunterte er sie immer wieder.

„Jetzt pressen!", befahl die Hebamme. „Da ist ja schon das erste Köpfchen".

Nun ging alles sehr schnell. „Hier haben wir ein strammes Mädchen", freute sie sich und übergab das Neugeborene an den Gynäkologen. „Und da ist ja auch schon Baby Nr. 2", rief die Hebamme begeistert aus, „ein gesunder Junge." Der Gynäkologe untersuchte auch das zweite Neugeborene und übergab dann beide den überglücklichen Eltern. „Sind sie nicht entzückend?!", sagte der stolze Vater. Helene musste noch die Nachgeburt über sich ergehen lassen, dann hatte auch sie nur noch Augen für ihre beiden wunderschönen Babys.

„Was für ein Glück, sie sind beide gesund und es ist alles dran", strahlte Helene.

Nach einer Stunde unter den wachsamen Augen der Hebamme durften sie den Kreißsaal verlassen und bezogen ein Familienzimmer auf der Neugeborenen-Station des Krankenhauses. Dort bekam Helene ihre zwei Säuglinge nacheinander an die Brust gelegt.

Inka, das kleine Mädchen, tat sich zuerst schwer. Sie musste ermuntert werden, an der Brust zu trinken, und wollte immer wieder einschlafen. Bei dem kleinen David sah das schon ganz anders aus. Er sog an der Brust, als ginge es ums Überleben.

„Na, du bist mir ja ein forsches Kerlchen", sagte Helene. „Hoffentlich reicht meine Milch, um dich satt zu kriegen."

Hans sah verzaubert zu und hielt das jeweils nicht trinkende Kind im Arm.

Während Inka seelenruhig in seinem Arm lag, strampelte David wie wild und schrie aus Leibeskräften.

„Sie sind ja sehr unterschiedlich, unsere beiden Kleinen", bemerkte Hans. Es brauchte vieler tröstender Worte und ca. dreißig Minuten, bis auch David endlich seinen Protest aufgab und ermattet einschlief.

So war es bei jedem Stillen. Inka begnügte sich mit wenigem, David konnte nicht genug bekommen. Auch zwischen den Mahlzeiten lag David oft wach und schrie sich die Seele aus dem Leib.

Besorgt erkundigte sich Helene bei der Hebamme, ob sie etwas falsch machte, „Nein, überhaupt nicht", beruhigte diese sie, „Sie machen alles richtig.

Sie haben leider ein typisches Schreikind geboren. Daran müssen Sie sich gewöhnen. Es geht dem Kleinen trotzdem gut. Er ist nur sehr schwer zufriedenzustellen und benötigt viel Aufmerksamkeit und gute Nerven Ihrerseits. Wahrscheinlich hat er im Mutterleib zu wenig abbekommen."

Das beruhigte Helene nicht wirklich. Sie hoffte, dass ihre Nerven stark genug waren, dieses Geschrei immer aufs Neue ertragen zu können.

2

Es war so weit. Heute durften Helene und Hans mit ihren beiden Kindern in ihr zukünftiges Zuhause fahren. Sie waren auf diesen Tag gut vorbereitet. David hatte im Vorfeld für das Auto zwei Babytragetaschen besorgt, zu Hause warteten zwei hübsch ausstaffierte Stubenwagen auf die Kleinen und ein komplett eingerichtetes Kinderzimmer, mit Wickeltisch und Traumfänger-Mobiles.

Dank des riesigen Freundeskreises von Hans und Helene war die Babyausstattung bereits komplett.

Während der Autofahrt schlief sogar David. Offensichtlich tat ihm das Motorengeräusch sehr gut. So kamen sie entspannt zu Hause an und legten die Kinder gleich in ihre Stubenwagen, wo beide noch ca. eine Stunde ruhig weiterschliefen. Die Zeit nutzten Hans und Helene zum Auspacken der Taschen und zum Beladen der Waschmaschine.

Es hatte sich ein schöner Berg Wäsche angehäuft.

Hans stellte die Kaffeemaschine an. Die Stille sollte jedoch nicht lange anhalten. Sie hatten sich mit einer Tasse Kaffee auf die Couch gesetzt und wollten gerade die Beine hochlegen, da wurde David wach und schrie mordsmäßig. War das eine Lautstärke.

Das konnte heiter werden, wo doch die alte Dame unter ihnen sowieso nicht gut auf sie zu sprechen war und sich bei jeder Kleinigkeit aufregte. Was würde sie jetzt wohl sagen, bei diesem Höllenlärm?

So dauerte es auch nicht lange, da klingelte es an der Wohnungstür und Frau Schmidt stand draußen, mit wutverzerrtem Gesicht. „Das kann ja wohl nicht wahr sein", schimpfte sie, „das ist ja ein Höllenlärm. Haben Sie Ihr Kind denn nicht im Griff? Zu meiner Zeit hätte sich ein Säugling so etwas nicht erlaubt. Sie sind scheinbar völlig unfähig, ein Kind großzuziehen."

„So kommen Sie doch bitte herein", bat Helene die alte Dame, „vielleicht können Sie uns ja einen Rat geben. In der Klinik sagte man uns, dass wir ein Schreikind hätten. Wir können das Kind deswegen doch nicht weggeben. Die Hebamme hat uns versichert, dass es mit der Zeit besser werden wird."

„Ach, papperlapapp, das sind doch Märchen. Sie sind einfach unfähig. Lassen Sie mich doch in Ruhe. Den Teufel werde ich tun, hereinzukommen, wo ich das Geschrei auch noch hautnah ertragen muss."

Helene und Hans waren unangenehm berührt. Was sollten sie nur tun?

David schrie die halbe Nacht durch. Nur beim Stillen war kurzzeitig Ruhe. Hans und Helene waren mit den Nerven am Ende. Auch Inka wurde immer unruhiger. Schließlich nahm Hans David mit in den Flur, legte ihn in die Tragetasche, verließ mit ihm das Haus und stellte die Tasche ins Auto.

Wieder schien das Motorengeräusch beruhigend auf den Jungen zu wirken. Hans hatte den Motor gerade erst angelassen, da schlief der Junge bereits seelenruhig.

Nach einer Stunde Fahrt quer durch die Stadt trug Hans die Tasche mit dem schlafenden Säugling vorsichtig nach oben. Sie hatten Glück. David schlief bis zum Morgen durch und seine Schwester hatte auch endlich ihre benötigte Ruhe.

Vor dem Frühstück hatten sie ordentlich zu tun. Beide Babys mussten gestillt und gewickelt werden.

Bei Inka stellte dies kein Problem dar. Sie strahlte ihren Papi beim Windelwechseln an und quietschte vergnügt, als Hans sie an ihren nackten Füßchen kitzelte. Das Mädchen war ein richtiges Sonnenscheinchen.

Das Trinken an Helenes Brust bekam Inka inzwischen auch sehr gut hin.

David hingegen drückte seine Lippen beim Saugen so fest zusammen, dass es für Helene richtig schmerzhaft wurde.

Das Windelwechseln entwickelte sich zu einer Tortur. David strampelte und brüllte das ganze Haus zusammen. Selbst die frische Windel sorgte für keinerlei Beruhigung bei dem kleinen Quälgeist. Helene schaltete das Radio an. Vielleicht ließ sich David durch eine passende Musik oder die Stimme des Moderators einlullen.

Auch das schlug fehl. Das Kind brüllte weiter wie am Spieß. Also legten sie David in seinen Stubenwagen und schoben ihn ins Nebenzimmer. Er würde doch keine Ruhe geben.

Inka lehnten sie an ein Kissen. Sie durfte bei ihnen am Tisch liegenbleiben.

„Ich werde ab heute Abend meine Milch zum Teil abpumpen",
beschloss Helene, „dann kannst du David mit dem Fläschchen
füttern und Inka kann weiterhin gestillt werden. So bekommen beide gleichzeitig ihre Mahlzeit und wir können uns beim
Wickeln mit den Kindern abwechseln. Vielleicht wird es so ein
wenig entspannter."

„Das ist eine sehr gute Idee", stellte Hans zustimmend fest,
„so machen wir es. Ich bin gespannt, ob David den Nuckel heil
lässt. Um deine Brust hatte ich heute Morgen richtig Angst." Er
drückte Helenes Hand und streichelte ihre Wange. Eine Träne
rollte dort herunter und er wischte sie behutsam weg.

„Mach dir keine Sorgen, mein Schatz", versuchte er, sie zu
beruhigen. „Wir werden es schon hinkriegen."

Auf diese Weise bekamen sie das Füttern in den nächsten
Tagen gut hin.

David benötigte tatsächlich jeden Tag einen neuen Nuckel.
War das ein rabiates Kind! Von wem hatte er das nur? Helene
war ratlos.

Sie schoben den Jungen jetzt immer zum Schlafen in ein anderes
Zimmer als Inka. In dem Raum, in den sie David zum Schlafen
unterbrachten, isolierten sie die Wände mit Styroporplatten. So
konnte er schreien, ohne dass es bis sonst wohin zu hören war,
und Inka fand die nötige Ruhe zum Schlafen.

Auf die Weise konnten auch Hans und Helene endlich wieder ein Auge zumachen.

3

So langsam begannen die beiden Kleinen mit dem Krabbeln.
War das eine Aufregung! Beide Kinder robbten durch die ganze Wohnung.

In Windeseile räumten Hans und Helene sämtliche Sachen von den für die Kinder erreichbaren Flächen, denn David hatte ganz schnell den Bogen raus, sich irgendwo hoch-

zuziehen. Das Erste, was er dann tat, war alles abzuräumen, was herumstand.

Hans besorgte ein Laufgitter, damit die Kinder gefahrlos spielen konnten und nicht permanent beaufsichtigt werden mussten.

Beim ersten Versuch merkte Hans sofort, dass er noch ein zweites Laufgitter kaufen musste. Sie konnten die beiden nicht in einen gemeinsamen Laufstall setzen, da David Inka ständig etwas wegnahm oder sie mit dem Spielzeug schlug.

Auch beim Spielen war David ein sehr forderndes Kind. Während Inka sich stundenlang mit einer Sache beschäftigen konnte, musste David ständig etwas Neues haben und brüllte, wenn er es nicht sofort bekam.

4

Vier Tage vor dem ersten Geburtstag der Zwillinge gingen Hans und Helene mit ihnen zu einem Fotografen. Zum Glück war der Kleine fasziniert von den vielen Lichtern im Fotoatelier und verhielt sich die ganze Zeit ruhig.

Der Fotograf war ganz vernarrt in die beiden Kinder. „So ein hübsches Geschwisterpaar!", rief er immer wieder entzückt aus. David zeigte sich an diesem Tag aber auch wirklich von seiner Schokoladenseite.

So konnten sie ein paar schöne Aufnahmen als Familie machen lassen. David ließ sich sogar neben Inka setzen, ohne zu zanken oder zu zetern.

Da der Geburtstag der Zwillinge vor der Tür stand, beeilte sich der Fotograf mit dem Entwickeln der Fotos. Bereits am frühen Nachmittag des nächsten Tages konnte Hans die fertigen Bilder abholen. Helene freute sich sehr über die schönen Aufnahmen und befestigte die Fotos mit Smiley-Magneten am Kühlschrank. Wenn David jetzt nervte und keine Ruhe gab, fand sie Trost und Hoffnung beim Betrachten dieser Bilder einer glücklichen Familie.

5

Zum Geburtstag der beiden unternahmen sie einen Ausflug ins Grüne. Es war ein sonniger Sommertag, David und Inka tollten ausgelassen am Strand herum. David robbte wie ein Bagger durch den Sand und schob seiner kleinen Schwester Sandhäufchen auf ihre kleinen Füßchen. Inka quietschte jedes Mal vor Vergnügen. Zum ersten Mal seit dem Auszug aus dem Krankenhaus waren sie alle vier entspannt und hatten riesigen Spaß miteinander.

Als schließlich die Zeit zum Aufbruch kam, war David damit gar nicht einverstanden. Er verfiel erneut in sein ohrenbetäubendes Brüllen und lenkte die Aufmerksamkeit aller Strandgäste auf sie.

Einige Leute schüttelten missbilligend den Kopf. Helene war das ausnehmend peinlich. Hastig schnallte sie Inka auf ihrem Kindersitz an, setzte sich ins Auto und schlug die Tür zu.

Hans kämpfte mit dem strampelnden David, schaffte es schließlich, ihn sicher ins Auto zu verfrachten und setzte sich ans Steuer. Dann fuhren sie los.

Auf der Autobahn war Hans so genervt, dass er ständig in den Rückspiegel sah und David wütend anfunkelte.

Es war ein so schöner Tag gewesen. Musste es jetzt wieder so sein?

Schließlich war Hans so entnervt, dass er für einen Augenblick nicht auf den Verkehr achtete.

Er geriet auf die Linie zwischen den beiden Fahrspuren, schwenkte sofort zurück, doch ... zu spät.

Genau in dem Moment kam ein Fahrzeug auf der linken Spur in einem Wahnsinnstempo und in Schlangenlinien angerast.

Der Wagen erfasste sie und sie wurden gegen die Leitplanke geschleudert.

Es gab einen lauten Knall.

...

...

Danach hörte man nur noch ein leises Wimmern zweier verängstigter Kleinkinder.

Kapitel 4

1

Kommissar Kosel stand vor einem Rätsel. Ein Einbruch in einem Einfamilienhaus, bei dem nichts entwendet worden war, außer eines Ordners mit Unterlagen.

Die Eigentümer des Hauses waren vor drei Monaten bei einem Verkehrsunfall mit Fahrerflucht ums Leben gekommen.

Der Vorgang landete damals auf seinem Tisch. Sie hatten den Unfallverursacher bis jetzt nicht ermitteln können.

Im Haus gegenüber tauchte ein Mann auf, der sich dort unberechtigt einquartiert hatte.

Die Eigentümer dieses Hauses waren vor zwei Jahren ebenfalls durch einen Verkehrsunfall ums Leben gekommen, wie Kommissar Kosel durch seine Nachforschungen herausfand, ebenfalls mit Fahrerflucht.

Dieser Vorgang landete bei einem Polizeibeamten auf einem anderen Revier, da sich der Unfall außerhalb seines Zuständigkeitsbereiches ereignet hatte.

Seine Nachfrage bei dem ermittelnden Hauptkommissar ergab, dass man den Täter noch nicht ausfindig gemacht hatte.

Nun zeigte ihm Frau Langmann dieses Familienfoto, auf dem sie selbst in einer Familie zu sehen war, die sie gar nicht kannte. Der kleine Junge auf dem Foto sah ihr sehr ähnlich und war höchstwahrscheinlich ihr Bruder. Und … und das war das Eigenartigste an der ganzen Sache, er ähnelte sehr dem mysteriösen unbefugten Bewohner des Hauses gegenüber, der sich ihr erst aufgedrängt hatte und dann plötzlich wie vom Erdboden verschluckt war.

Was hatten diese Ereignisse miteinander zu tun?

Hatte der mutmaßliche Peter herausgefunden, dass Inka seine Schwester war? Aber warum ließ er es sie dann nicht wissen?

Und die Hauptfrage: Was war in dem entwendeten Ordner und warum verschwand Peter genau einen Tag nach dem Einbruch in Inkas Elternhaus?

Kommissar Kosel erinnerte sich plötzlich an einen ungelösten Verkehrsunfall aus dem Jahr 1994.

Eine junge Familie war damals in ihrem Auto auf der A10 von der Fahrbahn gedrängt worden. Der Wagen war mit voller Wucht gegen die Leitplanke geprallt, der Unfallverursacher war geflüchtet.

Ein Zeuge, ein junger Mann Mitte 30, hatte versucht, erste Hilfe zu leisten, bis Polizei und Krankenwagen eintrafen. Für die Eltern der Familie kam jedoch jede Hilfe zu spät. Lediglich die beiden Kinder, ein Junge und ein Mädchen im Alter von einem Jahr, hatten den Unfall ohne Verletzungen überlebt.

Den Unfallverursacher hatten sie nicht gefunden und die Nachforschungen wurden irgendwann eingestellt.

„Moment mal", dachte er, „das kleine Mädchen damals hieß doch Inka." Jetzt wusste er, wo er dieses Foto schon einmal gesehen hatte, in der Fallakte.

Soweit er sich erinnern konnte, gab es damals keine weiteren Verwandten. Die Kinder kamen ins Heim und man versuchte, sie in einer Pflegefamilie unterzubringen.

„Gut, dass inzwischen alles digitalisiert worden ist", dachte er, „so kann ich ohne Probleme sofort auf die damalige Fallakte zurückgreifen und muss sie nicht erst umständlich im Archiv suchen."

Er rief die Akte am Computer auf und fand exakt das Foto, das ihm Frau Langmann gezeigt hatte. Tatsächlich, das kleine Mädchen hieß Inka und der kleine Junge hieß David.

Der Nachname der Familie war Fuchs.

Kommissar Kosel hoffte nun, dass die Akten über die Unterbringung von Kindern in Pflegefamilien ebenfalls so lange gesichert waren, damit er herausbekommen könnte, was mit den beiden Kindern geschehen war.

Er fuhr ins damalige Kinderheim. Die Leiterin des Hauses, Frau Schicht, war sehr entgegenkommend.

Sie erinnerte sich noch gut an diese beiden Kinder, die 1994 zu ihnen kamen.

„Das war eine komische Sache", sagte sie.

„Kurz nach der Ankunft der beiden Kleinen in unserem Kinderheim erschien ein gut gekleideter Herr und sagte, dass er gern ein Zwillingspaar in Pflege nehmen würde.

Das fanden wir sehr eigenartig, hatte es doch so ein Ansinnen von potenziellen Pflegeeltern bisher nicht gegeben. Normalerweise fragten sie nur nach einem Kind.

Außerdem waren die beiden Kinder sehr unterschiedlich. Inka bereitete keine Probleme, sie war ein liebes und ausgeglichenes Baby.

David jedoch wollte stets Beachtung, er war sehr laut und fordernd. Wenn er etwas nicht sofort bekam, brüllte er aus Leibeskräften oder stampfte mit den Füßen auf.

Das wurde den Langmanns bei ihren Besuchen im Heim auch recht schnell klar.

Sie meinten, dass sie dieser Aufgabe dann doch nicht gewachsen wären und entschieden sich, nur das Mädchen zu sich zu nehmen.

Da das Ehepaar den Kriterien zur Vergabe von Kindern entsprach, durften sie Inka zwei Wochen später zu sich nach Hause holen.

David blieb bis zur Volljährigkeit bei uns. Es fand sich keine Pflegefamilie für ein so schwieriges Kind. Was danach mit ihm geschah, entzieht sich meiner Kenntnis."

Kommissar Kosel bedankte sich für die ausführliche Auskunft.

Er musste also mit weiteren Nachforschungen bei dem Zeitpunkt ansetzen, an dem David das Heim verlassen hatte.

Frau Schicht suchte ihm alle Unterlagen heraus, die im Heimarchiv hinterlegt waren.

Mit diesen Akten ausgestattet, begab sich Kommissar Kosel wieder in sein Büro.

Dort stellte er fest, dass David Fuchs bereits mehrmals polizeilich auffällig geworden war.

Er fand Berichte zu mehreren Delikten, wie Einbruch, Diebstahl und sogar Körperverletzung.

Die ersten Verfehlungen waren nach dem Jugendstrafrecht geahndet worden.

Mit 25 Jahren bekam David Fuchs eine zweijährige Haftstrafe, wobei die Hälfte der Strafe zur Bewährung ausgesetzt wurde. „Na, das ist ja ein nettes Kerlchen", dachte Kosel.

Bei der nochmaligen Befragung der Nachbarn konnte sich Frau Schmidt nun doch an das Autokennzeichen des auffälligen Wagens erinnern.

Diese Spur führte jedoch in eine Sackgasse, da der Wagen auf jemand anderen zugelassen war.

Kommissar Kosel hatte keine Ahnung, ob David Fuchs mit dem Besitzer des Autos in irgendeiner Verbindung stand. Befragen konnte man den Eigentümer des Fahrzeugs derzeit nicht, da er im Ausland weilte und nicht erreichbar war. Sein Haus ließ er von einer Security Firma bewachen und ein Verwalter kümmerte sich um seine Post.

„Vielleicht kann mir der damalige Bewährungshelfer von Herrn Fuchs weiterhelfen?", überlegte er.

Er rief ihn gleich an und hatte Glück. Herr Schmied meldete sich höchstpersönlich am Telefon und suchte ihm bereitwillig die damalige Meldeadresse heraus.

Es war erst fünf Jahre her, eher unwahrscheinlich, dass Herr Fuchs die Wohnung schon wieder gewechselt haben könnte.

Herr Schmied hatte ihm außerdem einen Job in einer Tischlerei vermitteln können. David Fuchs war handwerklich begabt und so sah alles sehr vielversprechend aus.

Laut Auskunft wohnte David Fuchs in der Cautiusstraße in Berlin-Spandau. „Das ist nicht mein Einzugsbereich, da werde ich die Kollegen aus Spandau um Hilfe bitten müssen", stellte Kommissar Kosel fest.

2

Inka musste sich erst einmal setzen. Sie war vollkommen geschockt und unfähig, irgendetwas zu denken oder zu fühlen. Inka verstand die Welt nicht mehr.

Ihre geliebten Eltern, ihr Fels in der Brandung, hatten ihr so viel verschwiegen.

Auf einmal begriff sie, warum sie niemals die Größe und Statur ihrer Mutter erreicht hatte. Sie war nicht ihr leibliches Kind. Auch sonst gab es keine Ähnlichkeiten im Aussehen. Inka hatte das immer für eine Laune der Natur gehalten. Nie im Leben wäre sie auch nur ansatzweise auf die Idee gekommen, dass ihre Eltern sie adoptiert haben könnten.

Inka raffte sich auf und setzte Teewasser auf. Ein Kaffee wäre jetzt viel zu aufregend für ihre lädierten Nerven.

Nach dem Tee ging es ihr besser. Sie beschloss, noch einmal auf den Dachboden zu gehen. Vor lauter Schreck hatte sie vorhin gar nicht nachgesehen, ob es noch andere Dinge aus ihrer Vergangenheit in dieser Truhe gab.

Tatsächlich!

In der Truhe lag ganz unten eine dünne schwarze Mappe. Darin fand Inka Zeitungsausschnitte.

Es war von einem Verkehrsunfall die Rede. Zwei kleine Kinder waren abgebildet, die den Unfall überlebt hatten.

Sie erkannte sich selbst und ihren vermeintlichen Bruder auf den Fotos. Auf einem kleinen Zettel stand die Adresse eines Kinderheims.

Inka zögerte nicht lange. Sie nahm ihr Handy, googelte die Telefonnummer dieses Kinderheims und rief dort an. Sie verabredete sich mit der Heimleiterin, Frau Schicht, für den kommenden Vormittag um 10 Uhr. Dann nahm sie alles an sich und ging in ihr Zimmer.

Essen konnte sie heute nichts mehr. Sie legte sich die Unterlagen für den nächsten Tag zurecht und ließ sich dann vollkommen ermattet ins Bett fallen.

Jedoch an Schlaf war nicht zu denken. Wirre Gedankenfetzen schwirrten ihr durch den Kopf. Immer wieder stand sie auf und schaute sich die Fotos und Zeitungsartikel an.

3

Inkas Gespräch mit der Heimleiterin bestätigte ihre Vermutungen. Sie erfuhr, dass Peter in Wirklichkeit David hieß und nicht wie sie selbst adoptiert worden war, sondern seine Kindheit und Jugend in dem Heim verbringen musste. Es war also kein Zufall, dass er sie gesucht hatte. Inka verstand jedoch nicht, warum er plötzlich spurlos verschwunden war.

„Mein Geburtsname ist also Fuchs, das ist interessant", dachte Inka. „Ich werde versuchen, mehr über meine leiblichen Eltern und ihre Familie herauszubekommen. Vielleicht habe ich noch irgendwo Verwandtschaft." Diesen Gedanken verwarf sie jedoch sofort wieder. Dann hätte sie doch nicht ins Heim gemusst. Es konnte also keine Verwandtschaft mehr geben.

Aber vielleicht war es interessant, ihre Wurzeln zu erforschen.

Nach dem Treffen mit Frau Schicht fuhr Inka ins Einkaufszentrum, aß eine Kleinigkeit und kaufte noch ein paar Dinge ein. Dann begab sie sich zurück in ihr Elternhaus und rief zuerst im Kommissariat an. Herr Kosel versicherte ihr, dass er schon ein ganzes Stück weitergekommen war.

„Dann werden wir mal versuchen, diesen David ausfindig zu machen und zu befragen", sagte er, „Sie haben sicherlich ebenfalls jede Menge Fragen an ihn." „Das kann man wohl sagen", bestätigte Inka.

Sie verabschiedeten sich und Inka nahm sich nun endlich die Terrasse vor und befreite sie von Laub und Dreck. Im Schuppen fand sie die Auflagen für die Stühle sowie eine Tischdecke. Damit ausgestattet sahen die Terrassenmöbel richtig einladend aus.

Inka freundete sich immer mehr mit dem Gedanken an, das Haus nicht nur zu behalten, sondern auch ganz herzuziehen.

Kommissar Kosel informierte indessen das für diese Adresse zuständige Polizeirevier und bat seine Kollegen, David Fuchs zur Befragung ins Kommissariat zu bitten. Da heute Freitag war, versprachen sie, das sofort am Montag zu erledigen.

Die Beamten fanden am Montag nur eine leere Wohnung vor. Auch von dem Fahrzeug fehlte jede Spur.

„Dann bleibt mir nichts anderes übrig. Ich muss David Fuchs zur Fahndung ausschreiben. Immerhin steht er im Verdacht, etwas mit dem Einbruch zu tun zu haben. Außerdem hat er illegal ein Haus bewohnt", beschloss Kommissar Kosel.

Kapitel 5

1

Emelie war fasziniert von dem attraktiven Mann, der ihr schöne Blicke zuwarf und ihr nun schon den dritten Gin Tonic spendierte. Er trug sein tiefschwarzes, gesund aussehendes Haar bis zur Schulter und hatte unergründliche, dunkelbraune Augen.

Seine Kleidung gefiel Emelie ebenfalls, eine dunkelblaue Jeans, ein hellbeiges Hemd, die beiden oberen Knöpfe geöffnet, und schmale braune Lederschuhe.

Nach einem langen Tag im Büro schmeichelte ihr dieses offensichtliche Interesse ihres Gegenübers.

Der junge Mann saß jedoch nicht allein an der Bar, sondern neben einem ziemlich zwielichtig wirkenden Typen um die 40. Nach einer gefühlten Ewigkeit verabschiedete sich dieser unangenehme Mensch von ihrem Verehrer.

Emelie nahm all ihren Mut zusammen und rückte zwei Barhocker nach rechts, sodass sie nun direkt neben ihrem edlen Spender saß. „Das ist sehr freundlich von Ihnen, mir die Drinks zu spendieren", fasste sie sich ein Herz und sprach ihn an. „Keine Ursache, so einer schönen Frau muss man einfach etwas Gutes tun. Außerdem vermittelten Sie mir den Eindruck, ein bisschen Aufmunterung gebrauchen zu können. Ich heiße Peter. Und mit wem habe ich das Vergnügen, wenn ich fragen darf?", antwortete der junge Mann.

„Ich bin Emelie", sagte sie.

„Das ist aber ein hübscher Name", meinte Peter. „Und, Emelie, was fangen wir mit dem angebrochenen Abend an? Die Bar schließt gleich. Darf ich Sie auf ein Glas Sekt zu mir nach Hause einladen?" „Warum eigentlich nicht", antwortete Emelie.

Peter wohnte gleich um die Ecke, sodass sie nur ein paar Schritte laufen mussten.

In der Wohnung angekommen, half Peter Emelie aus ihrem Mantel, bat sie, es sich auf der Couch bequem zu machen, und verschwand in der Küche. Emelie hörte den Sektkorken knallen und konnte sich derweil in Ruhe umsehen. Was sie sah, gefiel ihr sehr. Peter hatte das Wohnzimmer mit antiken Möbeln eingerichtet. Diese waren urgemütlich und bequem. Am besten gefiel ihr die Stereoanlage im Retrostil. So etwas hätte sie hier nicht erwartet. Die Männer in ihrer Altersklasse, die sie sonst traf, waren nur an modernen Dingen interessiert.

Als Peter das Wohnzimmer betrat, hatte er eine Flasche Sekt in einem Sektkühler dabei und auf dem Tablett standen außerdem zwei Sektgläser und eine Schüssel mit Knabberzeug. Emelie war beeindruckt.

„Eigentlich tue ich so etwas nicht, gleich am ersten Abend einer Bekanntschaft mit zu ihr nach Hause zu gehen", sagte sie.

„Machen Sie sich deswegen keine Gedanken", meinte Peter, „ich halte Sie trotzdem nicht für ein leichtes Mädchen. Sie waren mir auf Anhieb sympathisch und ich bin froh, dass Sie sich so entschieden haben."

Dann stießen sie an und Peter schlug Emelie das „Du" vor. „Das muss aber auch besiegelt werden", sagte er und küsste sie zart auf den Mund. Emelie erwiderte den Kuss.

Als Peter nun auch noch romantische Musik mit seiner Anlage abspielte, schmolz Emelie vollends dahin. Sie ließ all ihre Bedenken fallen und gab sich ihm ganz hin. Sie liebten sich auf der schönen, bequemen Couch.

Danach lud Peter sie ein, die Nacht über bei ihm zu bleiben. Er zog die Couch aus und es entstanden zwei Liegeflächen. Nun gab es kein Halten mehr. Der Sekt war vergessen. Sie liebten sich bis zum Morgen.

Zum Glück war Wochenende, sodass sie noch gemeinsam frühstücken konnten.

„Jetzt muss ich aber nach Hause", sagte Emelie, „ich muss heute meine Wohnung aufräumen und noch Einkäufe erledigen. Heute Nachmittag kommen meine Eltern zum Kaffeetrinken. Ich danke dir für die schöne Nacht."

„Schade, dass du gehen musst", erwiderte Peter, „ich lasse dich nur ungern ziehen. Aber wir sehen uns ja hoffentlich wieder?!"
Emelie lud Peter ein, am Abend zu ihr zu kommen.
Erfreut willigte er ein.

Am Abend erschien Peter mit einer Flasche Sekt und einer Schachtel Konfekt bei Emelie.
Nachdem ihre Eltern gegangen waren, hatte sie sich schnell umgezogen und ein wenig geschminkt. Schließlich wollte sie Peter beeindrucken und hoffte, dass das Feuer, welches sie gestern zusammengeführt hatte, noch genauso brannte. Ihre Bedenken waren unnötig. Peter zog sie sofort, nachdem er über die Türschwelle getreten war, in seine Arme und sie küssten sich leidenschaftlich. Dann nahmen sie am Küchentisch Platz. Emelie hatte ein kleines Menü bestellt und den Tisch hübsch gedeckt. Sie ließen es sich schmecken und Peter stellte ihr nun ganz viele Fragen. Er wollte alles über sie wissen. Am meisten interessierte er sich für ihre Arbeit. Emelie gab bereitwillig über alles Auskunft.
Langsam wurde es ihnen in der Küche zu ungemütlich.
Also zog Emelie Peter in ihr Schlafzimmer und sie liebten sich, bis Emelie in Peters Armen einschlief.

Peter jedoch war hellwach. Als er ihre regelmäßigen Atemzüge hörte, legte er sie vorsichtig auf das Bett, deckte sie zu und schlich sich leise aus dem Zimmer.
Im Flur stand Emelies Arbeitstasche. Peter durchsuchte sie und fand sehr schnell das Objekt seiner Begierde. Im linken kleinen Nebenfach der Tasche lag er, Emelies Büroschlüssel. Peter hatte alles, was er für einen Gipsabdruck brauchte, dabei. Schnell erledigte er den Abdruck, immer mit der Angst, Emelie könnte aufwachen und unangenehme Fragen stellen.
Dann legte er die Utensilien mit dem fertigen Abdruck in seinen Beutel zurück und begab sich leise ins Schlafzimmer. Er legte sich ins Bett, nahm Emelie in den Arm und schlief beruhigt ein. Schritt eins war erledigt.

Am Morgen frühstückten sie gemeinsam und Peter sagte Emelie wieder und wieder, wie sehr er sie liebe.

Heute war Sonntag. Daher hoffte Emelie auf ein paar gemeinsame Unternehmungen. Peter teilte ihr jedoch traurig mit, dass er beim Umzug eines Kumpels helfen müsse. Das hätte er versprochen und er könne ihn jetzt nicht hängen lassen. Außerdem hätten sie noch alle Zeit der Welt füreinander. Das leuchtete Emelie ein, also ließ sie ihn ziehen. Sie verabredeten sich für den Abend wieder bei Peter.

Gegen 18 Uhr lief Emelie in freudiger Erwartung auf einen weiteren romantischen Abend zu Peters Haus.

Sie klingelte an der Wohnungstür, aber niemand öffnete. Das war seltsam. Vielleicht war Peter noch beim Umzug seines Freundes und es hatte sich alles etwas länger hingezogen.

Sie beschloss, es in einer Stunde noch einmal zu versuchen. Wieder stand sie vor verschlossener Tür.

Emelie versuchte es in den nächsten Stunden noch dreimal, ohne Erfolg. Sie begann, sich Sorgen zu machen. Leider hatten sie versäumt, ihre Handynummern auszutauschen, sodass sie jetzt keine Möglichkeit hatte, Peter zu erreichen.

Emelie war verzweifelt. Was sollte sie jetzt nur tun?

In den kommenden Tagen schaute sie jeden Abend bei Peters Wohnung vorbei und klingelte. Niemand öffnete. Stattdessen sprach sie ein anderer Bewohner des Hauses an und fragte sie, weshalb sie jeden Abend an der Tür klingelte. „Hier wohnt doch gar kein Peter", sagte er, „die Wohnung gehört einer alten Dame, die zurzeit in Bayern weilt und ihre Enkelkinder besucht. Sie hatte die Wohnung kurzzeitig untervermietet. Der junge Mann, der sie bewohnte, hieß jedoch David."

Emelie wurde nun klar, dass sie nach Strich und Faden belogen worden war. Sie schämte sich, auf so einen Hallodri hereingefallen zu sein.

2

Langmann hießen sie also, die Leute, denen er den ganzen Schlamassel zu verdanken hatte.

Dass sich sein Plan so leicht in die Tat umsetzen ließ, hatte er nicht erwartet. Die Idee stammte von Josef.

Der hatte ihm auch die Möglichkeit verschafft, ein paar Tage in der Wohnung der alten Dame zu bleiben.

David war zuerst skeptisch gewesen und hatte sich nicht vorstellen können, dass es so funktionieren könnte. Wie leichtgläubig war diese Emelie, sie ließ sich ohne Mühe von ihm um den Finger wickeln.

Zum Glück sah Emelie sehr hübsch aus, sodass es David leichtfiel, ihr die großen Gefühle vorzugaukeln.

„Schade eigentlich, dass ich sie nicht wiedersehen kann,", dachte er. Er hatte fast ein schlechtes Gewissen. Aber manchmal heiligte der Zweck eben die Mittel.

Der Gipsabdruck vom Büroschlüssel war sehr gut gelungen, sodass sich der Nachschlüssel ganz leicht anfertigen ließ.

Sein Kumpel Josef fand die gesuchten Informationen auf dem Bürocomputer von Emelie sehr schnell. Naiverweise hatte sie ihr Passwort auf einem Klebezettel unter dem PC notiert.

Schritt zwei war also auch erledigt.

Doch nun kam der schwierigste Teil. Er musste irgendwie an seine Schwester und ihre Adoptiveltern herankommen.

Wenn alles so weiterlief wie bisher und Josefs Plan aufging, würde er bald bekommen, was ihm zustand.

David hatte Josef im Gefängnis kennengelernt. Sie teilten sich eine Zelle. Josef mit seinen 45 Jahren konnte in vielen Dingen weit mehr Erfahrung als David aufweisen. Er hatte bereits einiges auf dem Kerbholz und es war nicht sein erster Aufenthalt im Knast. So wusste er genau, wann man besser den Mund hielt und nicht auf die Provokationen der Mithäftlinge einging. Er legte seine schützende Hand über David, niemand kam an ihn heran, ohne den Segen von Josef erhalten zu haben. Außerdem war Josef ein richtiges Organisationstalent, was ihnen beiden einige Vorteile verschaffte. Dadurch wurde Davids Gefängnisaufenthalt halbwegs erträglich. Josef kannte auch die Tücken der einsamen Nächte in Gefangenschaft und bewahrte David vor allzu düsteren Gedanken. Er interessierte sich sehr für Davids Vergangenheit. Er stellte ihm viele Fragen, wollte alles wissen und hörte aufmerksam zu. Das schmeichelte David sehr. So erzählte er ihm schließlich alles. Was David nicht wusste, war, dass Josef von Beginn ihrer Bekanntschaft an ein Ziel verfolgte. Als Josef Davids Namen zum ersten Mal gehört hatte, begannen bei ihm sofort sämtliche Alarmglocken zu läuten. Als er jedoch merkte, wie ahnungslos und naiv David war, versuchte er, ihn zu ködern. Er brachte ihn auf die Idee, sich nun endlich für das Unrecht, das ihm seiner Meinung nach widerfahren war, zu rächen. Da traf er bei David auf offene Ohren, fühlte der sich doch seit seiner Kindheit von allen verraten und verkauft, allen voran von den Adoptiveltern seiner Schwester.

Josef hatte weitreichende Kontakte. So erfuhr David von Emelie und der Plan nahm Gestalt an.

Josef sah zwar nicht sehr vertrauenerweckend aus, seine Haare hingen in schmierigen Strähnen bis zur Schulter herunter und sein Gesicht war stark vernarbt. Seine Kleidung strotzte vor Dreck. Jedoch war er der verschwiegenste Mensch, den David in seinem bisherigen Leben kennengelernt hatte.

Er traf ihn wie gewohnt in ihrer Lieblingskneipe in Spandau.

„Mit welcher genialen Idee kannst du jetzt aufwarten?", fragte er Josef. „Ich muss ja irgendwie an die Langmanns herankommen. Ich würde sagen, erst mal beobachten, ihre Gewohnheiten erkunden und dann überlegen, was ich machen kann, um ein bisschen vom Kuchen abzubekommen."

Damit hatte Josef David endlich so weit, wie er ihn seit ihrem ersten Gespräch im Gefängnis haben wollte. Damit rückte sein Ziel in greifbare Nähe. Er feixte innerlich, ließ sich nach außen hin aber nichts anmerken.

„Ja klar habe ich eine Idee, sonst wäre ich doch nicht der geniale Josef, den du kennst", antwortete er. „Aber ich will dir nicht so viel verraten. Lass mich nur machen. Bald bekommst du deine Chance."

Es dauerte nur ein paar Tage, dann waren sie wieder in der Kneipe verabredet und Josef erzählte David, dass das Haus gegenüber dem Wohnhaus der Langmanns leer stand. Die Eigentümer wären wohl spurlos verschwunden und niemand kümmere sich um das Anwesen.

Das konnte David nur recht sein.

Josef besorgte ihm ein Auto, mit dem er nach Bötzow fahren konnte. Dort angekommen, parkte er wie selbstverständlich seinen Wagen in der Einfahrt und verschaffte sich Zutritt zum Haus. Innen roch es eigenartig, es musste schon einige Zeit leer gestanden haben. Scheinbar hatten die Eigentümer es Hals über Kopf verlassen. David riss erst einmal alle Fenster auf und brachte den Müll raus. Dann machte er notdürftig sauber und begab sich ins Wohnzimmer.

Hatte er ein Glück, er konnte vom Fenster aus direkt in die Küche der Langmanns sehen.

3

Da stand er nun im Haus gegenüber am Fenster und hatte freies Blickfeld auf das Haus der Familie seiner Schwester. Diese Leute hatten einfach alles.

Es war unglaublich, welch großes Glück Inka gehabt hatte und welch unglaubliches Pech er selbst.

So eine schreiende Ungerechtigkeit.

Diese Leute hatten alles im Überfluss und sie waren so fröhlich und unbeschwert, ohne ein schlechtes Gewissen, einen kleinen Jungen seinem Schicksal überlassen zu haben.

Wie sehr ihn das verletzte, konnte er nicht in Worte fassen. Es rumorte in seinem Kopf, sein Bauch krampfte sich zusammen.

Das konnte er so nicht hinnehmen. Es musste doch möglich sein, dass er sich holte, was ihm zustand. Inka durfte nicht alles für sich allein beanspruchen. Da hatte Josef ganz recht.

David wollte die Eheleute zur Rede stellen, sein Vorgehen aber vorerst mit Josef besprechen.

Josef riet ihm davon ab. „Du kannst nicht einfach bei ihnen hineinspazieren und dich als der verlorene Sohn ausgeben, zumal du das ja auch gar nicht bist. Sie würden dich zum Teufel jagen. Und wenn du dich als Bruder vorstellst, der seine für ihn verloren gegangene Schwester kennenlernen will? Nein, das geht auch nicht. Wie willst du deine Anwesenheit im Haus gegenüber plausibel erklären? Außerdem würden sie wissen wollen, wie du an ihre Adresse gelangt bist.

Was machst du, wenn sie sich bedroht fühlen und zur Polizei rennen? Du bist schließlich vorbestraft."

„Hast du eine bessere Idee?", fragte David.

„Ich glaube schon", meinte Josef. „Was hältst du davon, wenn ich ein bisschen Druck auf das Ehepaar Langmann ausübe und Geld von ihnen erpresse? Gib mir 10 % vom Gewinn ab und ich mache die Drecksarbeit für dich!"

Nach kurzem Zögern willigte David ein. Es geschah ihnen nur recht, wenn sie ein wenig leiden mussten. Geld hatten sie außerdem genug, da konnten sie ruhig etwas abgeben. Und wenn Josef alles erledigte und er selbst außen vor blieb, umso besser.

4

Plötzlich war alles aus dem Ruder gelaufen.

David sah, wie die Langmanns mit ihrem Auto in den Urlaub starteten und sich von ihrer Adoptivtochter Inka verabschiedeten. Dabei scherzten und lachten sie. David bereitete das wieder einen gehörigen Stich ins Herz. Er konnte hören, dass Inka ab und zu mal nach dem Rechten im Haus sehen wollte und die Reise ganze vier Wochen dauern sollte.

Nach den vier Wochen tat sich im Haus gegenüber jedoch nichts. David war extra am Tag ihrer geplanten Rückkehr nach Bötzow gefahren, um seinen Beobachtungsposten wieder einzunehmen.

Die Nachbarn in den anderen Häusern in der Straße grüßten ihn inzwischen freundlich, wenn sie ihn sahen. „So einfach lassen sich Menschen täuschen", dachte er, „wenn man nur forsch genug auftritt."

Auch in den nächsten Tagen blieb das Haus leer. David wunderte sich sehr und versuchte, Josef zu erreichen, ohne Erfolg. Was war bloß los?

Von einem der Nachbarn erfuhr er, dass die Langmanns tödlich verunglückt waren. David war wie vom Donner gerührt. Ein schrecklicher Verdacht keimte in ihm auf.

Er wollte Josef zur Rede stellen und fuhr in die Kneipe, in der sie sich immer getroffen hatten. Dort war Josef bereits seit zwei Wochen nicht mehr gesehen worden.

Nun war alles aus. David wurde es angst und bange. In seinem Kopf kreisten die Gedanken wild durcheinander. „Was soll ich jetzt nur tun?", fragte er sich. „Hoffentlich führt keine Spur zu mir, schließlich war ich nicht unbeteiligt an dem, was geschehen war. Ich habe doch den Stein ins Rollen gebracht. Hätte ich nur nicht auf Josef gehört! Aber er war sich so sicher, dass wir das Richtige tun, und hat mich immer wieder bestärkt."

David wurde auf einmal speiübel, waren seine leiblichen Eltern schließlich auch auf diese schreckliche Weise ums Leben gekommen.

„So etwas hatte ich für Inka nicht gewollt. Ich wollte sie finanziell schädigen, aber nicht so."

Josef war eindeutig zu weit gegangen.

David beschloss, Schadensbegrenzung zu betreiben. Irgendwann musste Inka zum Haus ihrer Eltern kommen. Sie hatte es bestimmt geerbt, denn soweit er wusste, gab es keine anderen Kinder der Verstorbenen.

Also würde er warten, bis es so weit war, und Kontakt zu ihr aufnehmen. Er würde den hilfsbereiten Nachbarn spielen und Inka von ihrer Trauer ablenken. Vielleicht ließ sich so wenigstens eine freundschaftliche Beziehung zu seiner Schwester aufbauen.

Kapitel 6

1

Inka war ganz aufgeregt. Beim weiteren Durchsuchen der Mappe mit den Zeitungsausschnitten, die sie auf dem Dachboden entdeckt hatte, bemerkte sie einen Reißverschluss. Dahinter befand sich eine kleine Seitentasche. In dieser Tasche lagen mehrere zusammengefaltete Papierbögen. Inka faltete die Bögen auseinander und traute ihren Augen kaum.

Ihr Vater hatte Tagebuch geschrieben? Das passte gar nicht zu ihm. Sie begann zu lesen und konnte kaum glauben, was sich ihr damit offenbarte.

30.8.1994

War das ein schrecklicher Tag.
Auf der Autobahn überholte mich plötzlich ein Wagen mit einer Geschwindigkeit von bestimmt 250km/h. Und nicht genug damit, dass er so schnell fuhr, er schlingerte auch gefährlich nah an die Leitplanke heran und von dort hinüber auf die rechte Fahrspur. Auf einmal passierte es.
Der Wagen erfasste ein Auto auf der rechten Spur und drängte es ab.
Es krachte mit voller Wucht gegen die Leitplanke.
Das schien den Unfallverursacher jedoch nicht zu stören. Er trat kräftig aufs Gaspedal und raste davon. Ich kam gerade noch rechtzeitig mit quietschenden Bremsen zum Stehen. Hinter mir bildete sich ein Stau.
Es war ein Wunder, dass die Fahrzeuge nicht auffuhren. Wahrscheinlich hatten sie, genau wie ich, diesen Fahrer schon argwöhnisch beobachtet und vorsichtshalber den Fuß vom Gas genommen. Ein junger Mann aus dem Fahrzeug hinter mir stieg aus und sah nach dem Unfallauto.

Ich war so geschockt, ich konnte mich nicht bewegen. Was soll-te ich jetzt nur tun?

Am Unfallort bleiben, um zu helfen, und damit zu riskieren, dass mich die Polizei verhörte, das ging wirklich nicht. Dann wäre meine ganze Stellung dahin. Ich hatte bei der Abschieds-feier von Ralf zwei Bier getrunken und hätte so eigentlich nicht mehr fahren dürfen.

Der Unfallverursacher war sowieso schon über alle Berge und es gab ja genug Zeugen außer mir.

Also schlängelte ich mich vorsichtig an der Unfallstelle vorbei, bevor alles abgesperrt werden würde, und fuhr nach Hause.

31.8.1994

In der Zeitung steht heute, dass in dem Unfallauto eine junge Familie saß. Die beiden Kinder haben den Unfall überlebt, die Eltern leider nicht. Hätte ich den Tod der Eltern verhindern können, wenn ich dem jungen Mann geholfen hätte? Mich pla-gen fürchterliche Schuldgefühle.

Vielleicht können wir wenigstens den Kindern helfen.

Es ist bestimmt leicht, die Adresse des Kinderheims heraus-zubekommen.

Wir wünschen uns schon so lange ein Kind. Mit eigenem Nach-wuchs klappt es nicht, wir haben schon so viel versucht. Wa-rum dann nicht zwei kleine Kinder zu uns nehmen und ein wenig der Schuld begleichen?

Ich werde mit Dorothea reden und ihr erzählen, dass es einen schweren Unfall gab, durch den zwei Kinder nun ohne Eltern dastehen. Sie ist bestimmt sofort begeistert, den beiden ein Zuhause geben zu können.

Dass ich selbst vor Ort war, werde ich ihr nicht sagen. Mit dieser Schuld muss ich allein zurechtkommen. Damit möchte ich Dorothea nicht belasten und sie vielleicht noch zur Mit-wisserin machen.

Dorothea ist einfach toll. Sie hat sofort zugestimmt, ins Kinderheim zu fahren und nach den beiden Kleinen zu sehen. Heute war ich das erste Mal dort. Wir dürfen die beiden besuchen und kennenlernen. Wenn wir uns als geeignet erweisen, dürfen wir sie bald mit nach Hause nehmen.

2.9.1994

Heute haben wir die beiden gemeinsam besucht. Dorothea ist entzückt von dem kleinen Mädchen. Der Junge scheint allerdings etwas schwierig zu sein.

Den Rest der Eintragungen überflog Inka nur, wusste sie doch, dass nur sie adoptiert worden war.

Inka war erschüttert von dem Geheimnis ihres Vaters. Die Verbitterung von David konnte sie gut verstehen.

Jetzt konnte sie sich auch die Fragen erklären, die er ihr gestellt hatte, und seine Reaktion auf ihre Erzählung vom perfekten Familienglück.

Zum Glück kannte David nicht die ganze Wahrheit. Die hatte ihr Vater mit ins Grab genommen.

Kommissar Kosel wollte sie aber nicht im Unklaren lassen. Sie rief ihn an und übergab die Tagebuchblätter dem Streifenpolizisten vor ihrem Haus.

2

David war vollkommen verzweifelt. Was sollte er jetzt nur tun? „Erst mal untertauchen", sagte er sich, „bis Gras über die Sache gewachsen ist."

Der Einbruch ins Haus der Langmanns kam ihm sehr ungelegen.

Er wusste sicher, dass Josef dahintersteckte. Aber was bezweckte er damit? Wollte er ihn jetzt auch reinlegen? Davids Gedanken drehten sich im Kreis.

„Ich muss schleunigst diesen auffälligen Wagen loswerden", dachte er, „das ist ja eigentlich ganz einfach. Da er mir sowieso nicht gehört und keiner durch das Auto auf meine Spur kommen kann, werde ich ihn einfach irgendwo in Berlin am Straßenrand abstellen." Gedacht, getan! David fuhr nach Berlin-Lichtenberg. Hier im Osten standen öfter mal herrenlose Autos herum.

Er fuhr den Wagen in eine Nebenstraße, montierte die Kennzeichen ab und ließ das Auto mit dem Schlüssel im Zündschloss steckend stehen. Die Nummernschilder warf er einige Straßen weiter in einen Müllcontainer. Dann fuhr er mit der Straßenbahn nach Kreuzberg. Hier kannte er ein paar Kumpels, die keine Fragen stellen würden. Bei denen fand er Unterschlupf.

Die nächsten Wochen verliefen wie im Rausch. David betrank sich täglich bis zur Besinnungslosigkeit und spülte damit seine Angst und seine Schuldgefühle hinunter. Er fand in der WG, in der er unterkriechen konnte, viele Gleichgesinnte, die immer von irgendwo her Geld zum Versaufen hatten. Sie beschwerten sich nicht, dass David sich einfach so durchschlauchte.

Hierher verirrte sich auch kein Polizist. Das war der ideale Ort zum Untertauchen.

Eines Morgens bekam David einen Heidenschreck. Plötzlich stand Josef vor ihm. „Ich kriege noch Geld von dir", behauptete er, „du hast mich nach meinem letzten Einsatz noch nicht belohnt und bist geflohen wie eine Memme, ohne die Aktion bis zum Ende durchzuziehen. Ich habe doch gesehen, wie du dich an deine Schwester rangeschmissen hast. Es wäre ein Leichtes für dich gewesen, sie mit deinem Wissen emotional unter Druck zu setzen und auf Wiedergutmachung zu pochen. Wenn du das nicht auf die Reihe kriegst, mache ich das für dich. Aber ich bin bestimmt nicht so zimperlich wie du.

Also reiß dich zusammen, spiel der Polizei den verängstigten Vorbestraften vor und pack deine Schwester bei ihrem Ehrgefühl ihrem Bruder gegenüber, dem das Leben so übel mitgespielt hat! Ich halte mich im Hintergrund, bis ich meinen verdienten Lohn bekommen habe."

„Du wolltest doch Geld von den Alten erpressen. Hat das nicht geklappt?", fragte David.

„Nein, die ließen sich einfach nicht überreden, egal, womit ich drohte,", antwortete Josef.

„Und dann hast du sie einfach von der Straße gedrängt?!"

„Mir blieb ja nichts anderes übrig. In einer Minute der Angst hat sich der Alte verquatscht und seiner Frau ganz panisch was von einer Lebensversicherung ins Ohr geflüstert, deren Nutznießer deine liebe kleine Schwester ist. Als ich das hörte, war mir klar, dass ich sie umbringen musste. Nur so würde es möglich sein, über Inka an das Geld zu gelangen."

„Warst du das mit dem Einbruch?", wollte David nun wissen. Josef nickte. „Was hast du denn damit bezweckt?"

„Ich musste die Unterlagen von der Versicherung aus dem Haus schaffen, damit Inka sie nicht vor mir findet und ich dann kein Druckmittel mehr habe. Die Geburtsurkunde habe ich auch mitgenommen. So weiß das Fräulein noch nicht, dass es deine Schwester ist. Und nun kommst du wieder ins Spiel. Du kannst so tun, als ob du die Urkunde im Haus irgendwo findest und Inka damit die frohe Botschaft von eurer Verwandtschaft mitteilen. Schmeiß dich an sie ran, umgarne sie mit Gefühlsduseleien, spiel den verlorenen Bruder, dem man so übel mitgespielt hat. Irgendwann, wenn du sie ausreichend überzeugt hast, spiele ich dir die Versicherungsunterlagen zu. Die kannst du ebenfalls wie durch Zufall z. B. in der Blumenrabatte finden. Pass aber auf, dass sie nichts davon diesem komischen Kommissar verrät!"

Das hatte Josef geschickt eingefädelt. Da er scheinbar zu allem fähig war, um zu bekommen, was er wollte, willigte David ein.

Nicht auszudenken, was Josef mit Inka anstellen würde, wenn er sich nicht darauf einließ.

Inka ... seltsam ... er empfand auf einmal eine Wärme, die er sich nicht erklären konnte, wenn er an sie dachte.

3

Kommissar Kosel traute seinen Augen kaum, als David Fuchs nach drei Wochen erfolgloser Fahndung freiwillig im Polizeirevier in Oranienburg auftauchte.

David erklärte dem Kommissar, dass er in das Haus gegenüber von den Langmanns eingedrungen war, um seine Schwester aus der Ferne beobachten zu können. Er hätte sich nicht getraut, Inka gegenüberzutreten. Erst, als ihre Adoptiveltern verunglückt waren, fasste er sich ein Herz und bot ihr seine Hilfe an.

Er beteuerte, nichts mit dem Einbruch zu tun zu haben und nur aus Angst, auf Grund seiner Vorgeschichte verdächtigt zu werden, untergetaucht zu sein. Jetzt sei es ihm aber wichtig, seiner Schwester beizustehen und sich um sie zu kümmern. Schließlich hätten sie so viel gemeinsame Zeit verloren.

Die Erklärungen erschienen Kommissar Kosel plausibel. Also beschloss er, dem jungen Mann erst einmal zu glauben. In dem Haus, das David unberechtigterweise bewohnt hatte, gab es keine Beschädigungen, im Gegenteil, er hatte es sogar sauber gehalten.

Also verzichtete Kosel auf eine Strafanzeige. Der junge Mann hatte schließlich schon genug Unheil erfahren in seinem bisherigen Leben.

„Da hatte Josef schon wieder recht behalten", schoss es David durch den Kopf, „was wusste der nicht alles und wie durchtrieben er war." Diesmal jedoch war es nicht zu Davids Nachteil.

In einer Sache hatte sich Josef jedoch getäuscht. Inka wusste bereits, dass sie seine Schwester war. Und er würde alles tun, um jeglichen Schaden von ihr abzuwenden.

4

Inka war inzwischen richtig in ihr Elternhaus in Bötzow einge-
zogen. Schließlich hatte sie dieses Haus geerbt, auch wenn sie
nicht das leibliche Kind ihrer Eltern war. Durch die Liebe und
Fürsorge ihrer Adoptiveltern hatte sie eine wunderbare Kindheit
und Jugend geschenkt bekommen. Die Dankbarkeit für alles,
was ihre Adoptiveltern ihr gegeben hatten, überwog inzwischen
in ihren Gefühlen und versöhnte sie mit der Verschwiegenheit
ihrer Eltern in diesem Punkt.

Kommissar Kosel rief an. Hatte er etwa Neuigkeiten? Bisher hatte er mit seinen Ermittlungen nur auf der Stelle getreten.

„Hallo, Frau Langmann, Sie werden es nicht glauben, wer heute
bei mir im Kommissariat aufgetaucht ist. Ihr Bruder hat sich gestellt und eine plausible Erklärung für alles abgeliefert. Ich kann
Ihnen versichern, dass er mit dem Einbruch nichts zu tun hatte.
Wer weiß? Vielleicht war das nur Vandalismus und es gab schon
immer eine Lücke zwischen den Ordnern Ihres Adoptivvaters. Wir
werden trotzdem in dieser Richtung weiter ermitteln. Ich denke
aber, dass ich die Wache vor Ihrem Haus abziehen kann. David
wird Sie in den nächsten Tagen bestimmt aufsuchen."

Inka war baff. „Das sind ja Neuigkeiten", sagte sie, „ich frage mich nur, wie er mich gefunden hat. Solche Akten sind doch
normalerweise unter Verschluss."

„Das war wohl ein Zufall. Eine Mitarbeiterin vom Amt, in die
er sich verliebt hatte, hatte alte Akten auf dem Tisch zu Hause zu liegen. Die sollten wohl ins Archiv gebracht werden", antwortete Kosel.

„Wo ist David denn jetzt?", fragte Inka den Kommissar.

„Das weiß ich nicht", antwortete Kosel, „ich könnte mir aber
vorstellen, dass er noch ein paar Tage benötigt, um einiges zu
regeln. Außerdem erfordert der Schritt, sich Ihnen zu nähern
und zuzugeben, wie sehr er sie belogen hat, reichlich Mut."

„Das ist wahr", bestätigte Inka, „dann haben Sie erst mal vielen Dank für die guten Nachrichten."

„Das war doch selbstverständlich", beteuerte der Kommissar. „Falls es neue Erkenntnisse bezüglich des Einbruchs gibt, melde ich mich noch mal bei Ihnen. Ansonsten wünsche ich Ihnen alles Gute und hoffe, dass Sie ein gutes Verhältnis zu Ihrem Bruder aufbauen können. So hätten Sie doch noch ein bisschen Familie."

Inka bedankte sich und legte auf.

Die nächsten Tage würden voller Erwartung sein.

Sie war so gespannt auf die Begegnung, die ihr bevorstand. Jetzt konnte David endlich seine Maske fallen lassen und sie würde ihn so kennenlernen, wie er wirklich war.

5

David fuhr erst mal in seine Wohnung nach Berlin-Spandau zurück. Da er kein eigenes Auto hatte, musste er nun die öffentlichen Verkehrsmittel nutzen. Das gestaltete sich sehr mühsam, aber was blieb ihm anderes übrig. Da er einfach der Arbeit ferngeblieben war, würde er seinen Job in der Tischlerei bestimmt nicht mehr wiederbekommen. Kein Job ... kein Geld! So einfach war das.

Er beschloss, bevor er Inka wieder unter die Augen treten würde, in der Tischlerei vorzusprechen. Vielleicht bekam er noch eine Chance. Sein Chef hatte ihn während der Bewährungszeit eingestellt und war bis zu diesem Vorfall mit seiner Arbeit sehr zufrieden gewesen.

Also zog David seine besten Sachen an und fuhr mit dem Bus zur Tischlerei. Sein Chef wirkte gar nicht erfreut, ihn zu sehen, hörte ihn aber an. David entschuldigte sich für sein unerlaubtes Fernbleiben. Er erklärte ihm, dass die Adoptiveltern seiner Schwester tödlich verunglückt waren und er sich spontan um sie kümmern musste. In dem Trubel hätte er nicht daran gedacht, Bescheid zu sagen und sich freistellen zu lassen.

Schließlich lenkte sein Chef ein. David durfte sofort wieder anfangen. Er war erleichtert. So würde er wenigstens wieder etwas Geld verdienen.

Die Miete für die Wohnung war auch bald fällig. Ohne den Job würde es sehr eng werden.

Wenn er an Inka dachte, hatte David ein mulmiges Gefühl. Ständig rief Josef an und fragte nach seinen Fortschritten.

„Wenn du mich hinhalten willst, mache ich es selbst und kümmere mich um die Kleine", drohte er David. Das durfte auf keinen Fall geschehen. Was sollte er nur tun?

Am Freitag nach der Arbeit fuhr David mit dem Bus nach Bötzow. Er traf Inka vor dem Haus an, als sie gerade aus ihrem VW Polo stieg. Offensichtlich kam sie auch gerade von der Arbeit. „Du hast also das Haus behalten", sprach er sie an.

Verwundert drehte Inka sich um. „David?", rief sie.

Ihr Blick war ernst, jedoch verrieten ihre Augen ihm, dass sie sich freute, ihn zu sehen.

„Kommissar Kosel hat mir bereits erzählt, dass du wieder aufgetaucht bist. Du hast ganz schön lange gebraucht, um herzukommen. Ich hoffe, du verschwindest nicht gleich wieder?! Ich habe nämlich jede Menge Fragen an dich."

„Ich musste zuerst einiges regeln und vor allem bei meinem Arbeitgeber um gut Wetter bitten. Außerdem hatte ich ganz schön Angst, dir wieder unter die Augen zu treten", erwiderte David reumütig.

„Dann komm erst mal rein", lud sie ihn ein.

Sie setzten sich in die Küche, Inka setzte Kaffee auf und dann redeten sie.

David erzählte ihr von seinem Herumirren und Inka berichtete von ihrem Dachbodenfund und ihren Recherchen im Kinderheim.

Es tat gut, dem anderen davon zu erzählen. Plötzlich fühlten sich beide nicht mehr so allein.

Inka stellte fest, dass Davids Augen nun gradlinig und warmherzig blickten.

Was für ein Unterschied zu dem argwöhnischen und unergründlichen Blick vor seinem Verschwinden.

David fühlte sich, als wäre er endlich angekommen. Wenn da nur nicht Josef wäre und die über ihnen schwebende Bedrohung!

Er beschloss, Inka alles zu sagen und nichts mehr mit sich allein auszutragen. Sie hatte die ganze Wahrheit verdient und er musste endlich diese Last loswerden.

Also beichtete er die ganze Misere. Er ließ nichts aus, auch wenn er sich dadurch selbst in ein ganz schlechtes Licht rückte. Dabei legte er ihre Geburtsurkunde auf den Tisch.

Als er geendet hatte, war es erst einmal ganz still in der Küche. Inka blickte zu Boden und rang ihre Hände. Dann schaute sie auf, Tränen standen in ihren Augen und ein undefinierbarer Ausdruck ungläubiger Erkenntnis.

„Dann bist du ja mit schuld am Tod meiner Adoptiveltern?! Was hast du dir nur dabei gedacht, dich mit so einem zwielichtigen Typen einzulassen?", fragte sie. „Wir haben uns endlich gefunden, und nun so etwas! Ich kann es nicht fassen, dass du das getan hast! Lass mich jetzt bitte allein! Ich muss über alles nachdenken." „Natürlich" antwortete David unsicher, „dann gehe ich ein Stück spazieren." Er verließ schnell das Haus und lief ziellos durch die Gegend.

Nach einer guten Stunde stand er wieder vor dem Haus und klingelte zaghaft. Inka öffnete die Tür und schaute ihn lange an, ohne etwas zu sagen. Dann vernahm er ein verräterisches Glitzern in ihren ernsten Augen. „Okay", sagte Inka leise, „ich kann nicht gutheißen, was du getan hast und bin sehr schockiert darüber. Trotzdem werde ich dich jetzt nicht einfach aus meinem Leben streichen. Du bist schließlich mein Bruder und der letzte in unserer Familie, der außer mir noch da ist. Versprich mir, dass du mich von nun an nie wieder belügst und dass wir gemeinsam überlegen, wie wir mit diesem Josef fertigwerden können."

David war überwältigt von seinen Gefühlen. Er ging auf seine Schwester zu und umarmte sie herzlich.

Sie beschlossen, dass David übers Wochenende bei Inka bleiben würde. Platz hatte sie ja genug. Gemeinsam würden sie überlegen, wie sie Josef überführen und damit der Sache endgültig ein Ende setzen könnten.

Kapitel 7

1

Kommissar Kosel legte auf und musste erst mal seine Gedanken ordnen. Die schonungslose Offenheit von David und Inka Fuchs beeindruckte ihn. David kam dabei gar nicht gut weg. Kosel war sofort klar, dass David nicht die treibende Kraft in dieser Geschichte war. Er hatte sich von Josef in dessen Machenschaften hineinziehen lassen. Dieser hatte seine verzweifelte Sehnsucht nach Liebe und Geborgenheit ausgenutzt und für seine Zwecke missbraucht. Er hatte ihm eingeredet, dass er erst zufrieden sein würde, wenn seine Schwester und die Leute, die sie großgezogen und ihn verschmäht hatten, bestraft und ausgenommen worden waren.

Was für ein Trugschluss!

Wie bitter musste es für den jungen Mann sein, zu dieser Erkenntnis zu gelangen.

Kommissar Kosel schaute in seinen PC und fand ein langes Vorstrafenregister beim Namen Josef Heppel.

Der hatte sich wirklich schon alles geleistet und bereits dreimal eine Gefängnisstrafe abgesessen.

Gut, dass David und Inka so vernünftig waren, mit der Erpressungsgeschichte zu ihm zu kommen. Jetzt mussten sie sehr geschickt vorgehen, damit Josef Heppel keine Lunte roch und Inka in ernsthafte Gefahr geriet.

2

Am Montag, als David in der Tischlerwerkstatt arbeiten war, rief Josef wieder an.

„Ich bin schon ein ganzes Stück weitergekommen", versicherte ihm David. „Ich habe Inkas Geburtsurkunde im Klappsessel versteckt. Gestern Morgen habe ich so getan, als ob ich eine Decke aus dem Sesselkasten nehmen wollte und dabei die Urkunde gefunden hätte. Sie hat es mir tatsächlich abgekauft und war ganz aus dem Häuschen. Ich glaube, sie vertraut mir, da wir ja blutsverwandt sind." „Dann pass gut auf, dass du nicht sentimental wirst", meinte Josef.

„Ich doch nicht", beteuerte David, „du kennst mich doch."

Zum Glück gehörte es zu Josefs Plan, dass David sich mit Inka richtig gut stellte. Das sollte ihm nun nicht mehr schwerfallen, wo er inzwischen so starke Gefühle für seine Schwester entwickelt hatte.

Und solange er Josef nur am Telefon sprach, gelang es ihm auch, seine wahren Gefühle für Inka zu verschweigen.

Am kommenden Wochenende unternahmen David und Inka mehrere Ausflüge. Ihre Abwesenheit wollte Josef nutzen, um den gestohlenen Ordner mit den Versicherungspapieren vor der Haustür abzulegen.

Was er nicht wusste, war, dass das Haus vonseiten der Polizei überwacht wurde. Überall waren Kameras versteckt. Auch die Telefone im Haus hatten die Sicherheitsleute der Polizei vorsorglich angezapft.

Inka gab sich überrascht, als sie den Ordner vor der Haustür entdeckte, da sie nicht wusste, ob Josef sie beobachtete, um ihre Reaktion zu sehen. David tat so, als würde er auf sie einreden, damit nicht zur Polizei zu gehen, da der Dieb offensichtlich ein schlechtes Gewissen habe und sie ja nun alle Papiere zurück hätte. Sie kontaktierten die Versicherung und reichten die geforderten Papiere ein, um die Versicherungssumme überwiesen zu bekommen.

Während der folgenden Wochen nervte Josef David ständig mit Telefonanrufen.

Als das Geld endlich auf dem Konto war, kam Josef aus seiner Deckung und erpresste Inka. Er rief mit verstellter Stimme an und behauptete, Dinge über David zu wissen, welche die

Polizei sehr interessieren würden. Diese könne er der Polizei anonym per E-Mail zuspielen. Im Gegenzug für sein Schweigen wollte er die komplette Versicherungssumme. Er gebot ihr natürlich, die Polizei keinesfalls über die Erpressung zu informieren.

Inka spielte mit, tat verzweifelt und aufgeregt. Sie versprach, das Geld nach und nach von der Bank zu holen, in eine Tüte zu legen und diese am Mittwoch kommender Woche um 13 Uhr in einen Papierkorb im Spandauer Forst zu werfen. Um diese Uhrzeit war dort unter der Woche nicht viel los, der Erpresser würde also ungestört sein Geld aus dem vereinbarten Papierkorb fischen können.

Am verabredeten Mittwoch stieg Inka um 12 Uhr mit wackligen Knien und supernervös in ihren kleinen Polo. „Was mache ich hier eigentlich?", fragte sie sich, „das ist doch Wahnsinn. Wenn etwas schiefläuft, hat dieser Josef einen Batzen Geld, wir gehen komplett leer aus und schlimmstenfalls wird er noch handgreiflich." Trotzdem steuerte sie ihren Wagen zielsicher nach Spandau, blieb auf dem Parkplatz bis 5 Minuten vor 13 Uhr sitzen und begab sich pünktlich zum Zielort.

Als Inka am Papierkorb ankam, war dort tatsächlich niemand außer ihr. Schnell warf sie die Tüte in den Korb und lief zurück zu ihrem Auto. Dabei war ihr ganz schön mulmig zumute, obwohl sie wusste, dass unweit der verabredeten Stelle ganz viele Polizisten in Zivil unterwegs waren, um Josef zu schnappen.

Dieser ließ sich sehr viel Zeit. Zwei komplette Stunden waren vergangen, als ein Mann mit Kapuze den Beutel aus dem Papierkorb fischte und ganz schnell verschwand. Weit kam er mit seiner Beute jedoch nicht. Die Polizisten hatten ihn bereits erspäht, bevor er den Beutel aus dem Papierkorb holte. Sie warteten ab, bis er den Beutel in Händen hielt, und nahmen ihn fest, als er in sein Auto steigen wollte.

3

Da sich die Zuständigkeiten der Polizeidirektionen in diesem Fall überschnitten, durfte Kommissar Kosel die Verhöre durchführen. Josef Heppel war eine ganz schön harte Nuss. Da er jedoch nicht wusste, dass David bereits alle Fakten aus seiner Sicht auf den Tisch gelegt hatte, konnte Kommissar Kosel ihm die eine oder andere Verwunderung bescheren.

Schließlich schwante Josef, woher der Kommissar die Einzelheiten kannte. Er wurde wütend und damit unvorsichtig. „Was für ein elender Verräter!", rief er erbost aus. „Da hilft man ihm, zu seinem Recht zu kommen, und hätschelt und tätschelt ihn im Knast, und das ist nun der Dank. Dieser Mistkerl."

„Wussten Sie, als sie David Fuchs im Gefängnis kennenlernten, wer genau er war?", fragte Kosel. „Klar wusste ich das. Hatte halt Pech, dass er damals in diesem Auto saß und dann ins Heim kam. Ich wollte es ja wiedergutmachen. Aber auf den Typen ist ja kein Verlass."

Da hakte Kosel ein: „Dann haben Sie also damals das Fahrzeug, das den Unfall verursacht hatte, gesteuert?" „Na und? Können doch alle nicht fahren, diese Vorzeige-Papas." Josef steigerte sich immer mehr in seine Wut hinein. „Aber nicht, dass Sie mir jetzt alles anhängen! David hat sich an die Kleine vom Amt herangemacht und dann den Nachschlüssel besorgt. Mann, war die naiv. Klebt das Passwort unter den PC, wie blöd kann man eigentlich sein?"

„Nur zu meinem Verständnis", fragte Kommissar Kosel nach, „dann haben Sie die Information über den Verbleib und die Adoptiveltern von Davids Schwester also im Büro von Frau Emelie Naumann gefunden?" „Ja klar, David, der kleine Schisser, hat mich die Drecksarbeit machen lassen, aber er wollte es ja mit mir bis zum Ende durchziehen. Von wegen, der Feigling kriegt plötzlich kalte Füße und entdeckt geschwisterliche Gefühle! Dass ich nicht lache. Wird schon sehen, was er davon hat. Wenn er erst mal wieder in den Knast einfahren darf, ist es bestimmt vorbei mit der ‚Liebe' seiner Schwester."

„Das kann gut sein", hieb Kommissar Kosel jetzt mit in die Kerbe, „vor allem, wenn sie erfährt, dass ihr lieber Bruder den Tod der Nachbarn auf dem Gewissen hat."

„Genau", sagte Josef, „wer wollte denn unbedingt dichter an die Langmanns rankommen? Ich ja wohl nicht. Hat gar nicht nachgehakt, der Verräter, warum das Haus leer steht. Und wundert sich dann auch noch, warum die Langmanns nicht aus dem Urlaub zurückkommen. Druck machen durfte ich, war ihm nur nicht klar, wie weit man gehen muss, wenn man was erreichen will. Hat unser Ziel ganz schön aus den Augen verloren. Und dann noch verpetzen, der wird's verdammt schwer haben im Knast. Diesmal halte ich ihm nicht den Rücken frei. Muss er selbst sehen, wie er klarkommt."

Kommissar Kosel war erschüttert. Dieses Ausmaß an Gewaltbereitschaft und fehlendem Unrechtsbewusstsein toppte alles, was er in seiner bisherigen Laufbahn kennengelernt hatte.

Der Beamte, der dem Verhör beigewohnt hatte, erhob sich von seinem Platz.

„Führen Sie ihn ab!", befahl Kommissar Kosel.

Dann lehnte er sich in seinem Stuhl zurück und musste erst einmal innehalten.

Er fühlte sich plötzlich um 10 Jahre gealtert.

4

Emelie traute ihren Augen kaum. Als sie am Nachmittag von der Arbeit kam, stand Peter vor ihr. Er wirkte irgendwie verändert. Eigentlich hätte sie ihm böse sein müssen. Jedoch blickte er sie so reumütig und liebevoll an, dass sie ihn stattdessen umarmte und nur verwundert fragte, wo er denn gewesen sei.

David hatte lange Zeit hin und her überlegt, ob er es wagen könnte, sich Emelie zu nähern und sich ihr zu erklären. Er hatte Inka von seinen Gewissensbissen und seiner Zuneigung zu Emelie erzählt und sie um Rat gebeten. Inka hatte ihm zugeraten, es wenigstens zu versuchen, auch auf die Gefahr hin, dass er komplett abblitzen könnte. „Wenn dir etwas an ihr liegt, dann solltest du dieses Risiko eingehen", hatte sie ihn ermutigt.

„Lass uns bitte erst einmal reingehen", bat David, „oder lässt du mich jetzt nicht mehr in deine Wohnung?"

Sie gingen nach oben. Emelies Bauch rumorte und es kribbelte bis in ihre Zehenspitzen. Sie war sich unschlüssig, ob es richtig war, was sie tat.

In der Wohnung angekommen, drückte David Emelie auf einen Stuhl in der Küche, setzte sich ihr gegenüber und sagte: „Zuerst einmal verrate ich dir meinen richtigen Namen. Ich heiße David Fuchs. Dass ich heute vor dir sitze, bedeutet, dass mir wirklich etwas an dir liegt. Es ist nicht leicht für mich, dir alles zu erzählen." Dann sprudelte es nur so aus ihm heraus. Dabei schaute er sie geradeheraus an.

Emelies Gefühle schwankten zwischen Ungläubigkeit und Mitgefühl hin und her.

Als David geendet hatte, saß sie eine gefühlte Ewigkeit lang still da, mit gesenktem Blick. Dann richteten sich ihre Augen auf ihn und in ihnen schimmerten Tränen. David wusste nicht, was er davon halten sollte. Er traute sich kaum, zu atmen.

Endlich durchbrach Emelie das Schweigen, rückte mit ihrem Stuhl ein Stück vom Tisch zurück und flüsterte ihm zu: „Ich kann das ja alles irgendwie nachvollziehen, aber verzeihen geht nicht so einfach. Bitte geh jetzt und lass mich allein."

Wie ein geprügelter Hund verließ David Emelies Wohnung. Irgendwie hatte er erwartet, dass sie ihm verzeihen würde. Er hatte sie wohl zu sehr hintergangen.

Am nächsten Tag schickte er Emelie einen wunderschönen Strauß rote Rosen ins Büro mit einem Kärtchen, auf dem stand: „Bitte verzeih mir! David." Nach der Arbeit ging er zu ihr und wartete vor ihrer Wohnung auf sie. Emelie würdigte ihn keines Blickes und lief schnurstracks an ihm vorbei. „Ich habe es wohl nicht besser verdient", dachte sich David, „aber aufgeben ist keine Option."

Also schickte er ihr am nächsten Tag erneut einen Rosenstrauß mit der gleichen Aufschrift auf dem Kärtchen.

Am Abend wartete er erneut vor ihrer Wohnung, bis sie von der Arbeit kam.

Diesmal wurde seine Hartnäckigkeit belohnt. Emelie kam auf ihn zu und sagte: „Na gut, du scheinst wirklich zu bereuen, was du getan hast. Und du warst ja in einer besonderen Situation. Ich werde dir noch eine Chance geben. Ich schlage vor, dass wir ganz von vorn anfangen, so, als wären wir uns heute zum ersten Mal begegnet." David fiel ein Stein vom Herzen. Er nickte, etwas zu sagen, traute er sich nicht.

Sie verabredeten sich für den nächsten Abend zu ihrem „ersten" Date.

Dieses Mal holte David Emelie pünktlich um 18 Uhr vor ihrer Wohnungstür ab. Sie gingen in eine Bar, hielten sich dort die ganze Zeit an den Händen und redeten über Gott und die Welt. Anschließend brachte David Emelie nach Hause und verabschiedete sie mit einem sanften Kuss.

Am kommenden Abend trafen sie sich vor einem italienischen Restaurant in Spandau, gingen schön essen und anschließend nahm David Emelie mit zu sich nach Hause. Emelie erkannte sofort, dass es diesmal wirklich Davids Wohnung war. Die Einrichtung sah wie die einer typischen Junggesellenbude aus.

Allmählich legte sie ihre Scheu ab und fasste Vertrauen zu David. Er nahm sie zärtlich in die Arme und küsste sie, diesmal nicht mehr sanft, sondern voller Gefühl. Dann schob er sie zärtlich ins Schlafzimmer und sie liebten sich leidenschaftlich.

Was für ein irres Gefühl!!! David erfuhr zum ersten Mal in seinem Leben, was wahre Liebe bedeutete.

Kapitel 8

1

Nun musste sich auch David vor der Polizei verantworten. Er wurde zu einer offiziellen Vernehmung geladen. Inka begleitete ihn und machte ihm Mut: „Es wird schon nicht so schlimm werden. Wichtig ist, dass du ehrlich bist und Reue zeigst. Was dieser Josef so alles auf dem Kerbholz hat und wozu er fähig ist, konntest du doch nicht wissen. Das können sie dir nicht anlasten. Außerdem hast du in Kommissar Kosel einen Fürsprecher." David drückte dankbar ihre Hand und lächelte sie an: „Solange du mich nicht fallen lässt, werde ich jede Strafe klaglos ertragen."

Als sie das Polizeirevier betraten, wurden sie bereits von Kommissar Kosel erwartet. Er begrüßte sie freundlich und raunte David zu: „Nur Mut!" Dann bot er Inka einen Stuhl im Warteraum an und nahm David mit ins Vernehmungszimmer.

Es dauerte eine gefühlte Ewigkeit, bis David zurück war. „Du musst nicht in Untersuchungshaft?", fragte Inka. „Nein, es besteht keine Fluchtgefahr. Ich muss mich aber bis zur Verhandlung jeden Tag einmal telefonisch melden."

„Ist das schön", sagte Inka, „dann können wir noch ein bisschen Zeit miteinander verbringen. Und wer weiß? Vielleicht musst du ja gar nicht ins Gefängnis."

„Das wäre zu schön, ist aber kaum vorstellbar", erwiderte David. „Auf jeden Fall werden wir die Zeit bis zum Gerichtstermin nutzen. In der Woche muss ich ja arbeiten, aber an den Wochenenden komme ich zu dir nach Bötzow. Außerdem hatte ich dir ja von Emelie erzählt. Sie fasst langsam Vertrauen zu mir und ich freue mich, dass wir nun bis zur Verhandlung unter der Woche noch Zeit haben, uns näher kennenzulernen."

„Wann triffst du deinen Anwalt?", fragte Inka. „Am Mittwochnachmittag. Mein Chef erlaubt mir, schon um 14 Uhr mit der Arbeit aufzuhören, damit ich den Termin in der Kanzlei wahrnehmen kann. Echt nett von Emelies Vater, mir so einen guten Anwalt zu besorgen und auch noch zu bezahlen. Er kennt mich doch gar nicht", meinte David.

„Emelie scheint ja wirklich große Stücke auf dich zu halten", freute sich Inka, „enttäusche sie bloß nicht."

„Ich werde mich hüten", versicherte ihr David, „das Kapitel Lug und Trug ist in meinem Leben vorbei. Und die Kosten für den Anwalt werde ich Emelies Vater Stück für Stück zurückzahlen, sobald ich wieder richtig Fuß gefasst habe.

Jetzt muss ich aber schnell zurück nach Berlin. Wegen der Vernehmung musste mein Chef mir heute Vormittag ebenfalls freigeben. Ich will sein Verständnis und seine Geduld nicht überstrapazieren."

„Soll ich dich schnell zur Arbeit fahren?", fragte Inka, „Ich habe heute den ganzen Tag freigenommen."

„Das Angebot nehme ich gern an, umso schneller bin ich wieder in der Tischlerei."

Auf dem Weg nach Berlin fragte David, ob er Emelie mal an einem Wochenende mitbringen dürfe.

„Natürlich darfst du das. Ich dachte schon, du willst mir deine Freundin gar nicht vorstellen. Dabei bin ich total gespannt auf deine Emelie. Sie muss ein ganz toller Mensch sein. Bring sie doch gleich diesen Freitag mit."

„Okay, ich frage sie, ob sie es einrichten kann."

Inka setzte David vor der Tischlerei ab, und da sie schon mal in Spandau war und heute freihatte, nutzte sie die Zeit für einen ausführlichen Einkaufsbummel.

2

Am Wochenende entführte David Emelie nach Bötzow. Dort stellte er ihr seine Schwester Inka vor. Die beiden Frauen waren sich auf Anhieb sympathisch.

„Dir habe ich es also zu verdanken, dass David sich getraut hat, mich noch einmal anzusprechen. Du hast einen guten Einfluss auf deinen Bruder", sagte Emelie zu Inka.

„Oh, ich habe ihm nur noch einen kleinen Schubs in die richtige Richtung verpasst", erwiderte Inka, „eigentlich war er im Kern schon immer ein guter Kerl. Das wurde durch die Ereignisse in seiner Kindheit nur verschüttet. Niemand hat an ihn geglaubt, geschweige denn ihm etwas zugetraut. Da muss man ja verzweifeln."

Sie verbrachten den ganzen Samstag zusammen. Am Abend bezog Inka die Betten im Schlafzimmer ihrer Eltern, das sie in den letzten Wochen zum Gästezimmer umgestaltet hatte. Für sich selbst hatte sie ihr ehemaliges Kinderzimmer als Schlafstätte eingerichtet.

Den Sonntagvormittag verbrachten die drei bei einem ausgiebigen Frühstück in der Küche. Sie aßen frische Brötchen mit Butter und Marmelade, tranken mehrere Tassen Kaffee und frisch gepressten Orangensaft. Das alte Radio spielte leise Musik. Sie scherzten und lachten miteinander und unterhielten sich über alles Mögliche.

„Es fühlt sich fast wie früher an", dachte Inka, „welch ein Glück, dass wir uns gefunden haben. Und Emelie passt perfekt dazu. Hoffentlich geht die Gerichtsverhandlung mit einem guten Urteil für David aus. Im Gefängnis hätte er es jetzt bestimmt besonders schwer."

Nach dem Frühstück setzten sie sich auf die Terrasse. Inka holte die alten Fotoalben aus dem Schrank und gemeinsam tauchten sie ein in Inkas Vergangenheit. Dabei wurde Inka bewusst, dass sie ihren Adoptiveltern eine Sache nicht verzeihen konnte. Warum hatten sie nicht wenigstens versucht, David auch bei sich aufzunehmen? Er war doch damals schon auf einem guten Weg und wäre mit Fürsorge und Liebe bestimmt nicht auf die schiefe Bahn geraten.

Sie sprach ihre Gedanken laut aus. David versuchte, ihr die Bitterkeit über diese Erkenntnis zu nehmen. „Jeder Mensch macht Fehler, das liegt in unserer Natur. Und deine Adoptiveltern mussten so schrecklich für diesen einen Fehler bezahlen. Du musst ihnen vergeben. Ich habe es bereits getan und bereue zutiefst, dass ich diese schrecklichen Ereignisse ins Rollen gebracht habe."

„Wenn man es so betrachtet, hast du natürlich recht", erwiderte Inka. „Okay, ich werde versuchen, es aus deinen Augen zu betrachten."

Am späten Nachmittag fuhren David und Emelie zurück nach Berlin.

3

Am 3. August fanden nacheinander die Verhandlungen von Josef und David statt. Bei Josefs Verhandlung durfte David nicht dabei sein. Er musste sich im Hinterzimmer am Gericht aufhalten und wurde dabei durch einen Vollzugsbeamten bewacht. Emelie trat bei Josefs Verhandlung als Zeugin der Anklage und bei Davids Verhandlung als Zeugin der Verteidigung auf.

Josef wurde zu lebenslanger Haft verurteilt. Die Beweislast war erdrückend. Man konnte ihm die Unfallflucht bei dem tödlichen Unfall der Eigentümer des Hauses gegenüber und das bewusste Abdrängen des Autos der Adoptiveltern von Inka nachweisen. Außerdem war er des Einbruchs in mehrere Wohnungen, des Diebstahls sowie der Nötigung und Erpressung angeklagt worden. Der tödliche Unfall des Ehepaars Fuchs konnte nicht mehr nachverfolgt werden. Dieser lag zu lange zurück. Trotzdem war allen Beteiligten klar, dass Josef auch dafür die Verantwortung trug.

Davids Verhandlung wurde sehr emotional. Der Anwalt machte seine Sache wirklich gut und war jeden Cent wert. Er plädierte auf Freispruch, mit Verweis auf die schwierige Kindheit und die Labilität seines Mandanten.

David überzeugte das Gericht mit echter Reue. Außerdem rechnete man ihm hoch an, dass er die volle Verantwortung für seine Taten übernehmen wollte.

Was für ein liebenswerter Mensch war aus diesem streitsüchtigen Kind geworden, nachdem ihm endlich Menschen begegnet waren, die ihn trotz seiner schrecklichen Fehler in der Vergangenheit in ihr Herz schlossen.

David war überwältigt von der Welle der Sympathie, die ihm im Gericht entgegenschlug.

Das Plädoyer des Anwalts kippte auch die letzten Vorbehalte.

Mit dem Freispruch klappte es dennoch nicht.

David wurde zu zwei Jahren auf Bewährung verurteilt.

Überglücklich verließen David und Inka den Gerichtssaal. Vor dem Eingang wartete Emelie mit ihren Eltern auf sie. Emelies Vater trat auf David zu, schüttelte ihm die Hand und sagte: „Ich hoffe, Sie enttäuschen das Vertrauen nicht, das meine Tochter in Sie setzt."

„Ich gebe mir alle Mühe", versicherte David. „Schön, Sie endlich persönlich kennenzulernen. Haben Sie vielen Dank für Ihre Hilfe. Sie werden es nicht bereuen."

Emelies Mutter schloss ihn sofort in ihre Arme. „Ich bin so froh, dass Sie nicht zu einer Haftstrafe verurteilt wurden", sagte sie. „Meine Tochter mag Sie wirklich und ich habe das Gefühl, dass es sich gelohnt hat, für Sie einzustehen."

Inka wurde ebenfalls sehr herzlich begrüßt.

Nachdem nun alles geklärt war, gingen sie auf Einladung von Emelies Eltern gemeinsam essen. Es wurde ein unbeschwerter Nachmittag. Nach dem Essen blieben sie sitzen und ließen bei einem Espresso die Ereignisse der letzten Wochen Revue passieren.

David lehnte sich zurück und schaute in die Runde.

Wie schön doch das Leben sein konnte, wenn man nicht nur gegen den Strom schwamm und positive Gefühle zuließ.

Die Autorin

Nach ihrem Studium arbeitete Norma K. Koenig
als Lehrerin. Nach einigen privaten Irrwegen und
einer überstandenen Krebserkrankung musste sie
sich neu orientieren. Mit dem Schreiben begann
die Autorin im vorzeitigen Ruhestand. Sie ist ver-
heiratet, hat einen Sohn und lebt in Brandenburg.
In ihrer Freizeit liest sie gerne, tanzt, hört Musik,
spielt Gitarre oder geht spazieren. „Das abgelehnte
Kind" ist ihre erste Buchveröffentlichung.

Der Verlag

*Wer aufhört
besser zu werden,
hat aufgehört
gut zu sein!*

Basierend auf diesem Motto ist es dem novum Verlag
ein Anliegen, neue Manuskripte aufzuspüren, zu ver-
öffentlichen und deren Autoren langfristig zu fördern.
Mittlerweile gilt der 1997 gegründete und mehrfach
prämierte Verlag als Spezialist für Neuautoren in
Deutschland, Österreich und der Schweiz.

**Für jedes neue Manuskript wird innerhalb we-
niger Wochen eine kostenfreie, unverbindliche
Lektorats-Prüfung erstellt.**

Weitere Informationen zum Verlag und
seinen Büchern finden Sie im Internet unter:

www.novumverlag.com

Zeitfracht Medien GmbH
Ferdinand-Jühlke-Straße 7
99095 Erfurt, Deutschland
produktsicherheit@kolibri360.de